Z·173·
A·

Z·2990·
2·A·

1127

2.   1139

LES
BEAUX ARTS

REDUITS

A

UN MÊME PRINCIPE.

Ex noto fictum sequar.
Hor. Art. Poët.

Par Mr. Batteux.

C. Eisen. invenit.   De Lafosse sculp.t

A PARIS,

Chez DURAND, Libraire, rue S. Jacques,
à S. Landry & au Griffon.

M. DCC. XLVI.
Avec Approbation & Privilége du Roi.

A

MONSEIGNEUR
LE DAUPHIN.

ONSEIGNEUR,

C'EST fous les aufpices des
beaux Arts que cet Ouvrage ofe

a ij

paroître devant vous. Cette recommandation ne peut être indifférente
auprès des Grands Princes , qui
doivent aux Arts les premieres leçons de vertu , le goût de la vraie
gloire , & l'espérance de vivre dans
la Postérité. Ce qui redouble ma
confiance, MONSEIGNEUR,
c'est que l'Ouvrage , en lui-même ,
contient des principes que vous
aimez par préférence. Tout s'y réduit au goût du vrai , du simple ,
au goût de la Nature parée de ses
graces , sans la moindre affectation. Ce goût qui contient le germe de toutes les vertus , vous fit
ami des Arts , dès que vous pûtes
les connoître. Vous les avez culti-
vés avec le plus grand succès , &

vous continuez de les regarder toujours avec une bonté, qui prouve que l'amour que vous avez pour eux, est dans votre caractère. Ainsi, MONSEIGNEUR, tandis qu'un Pere auguste va se couvrir d'une nouvelle gloire, pour forcer l'Europe à recevoir la paix ; vous vous faites un plaisir d'animer tous les Arts à célébrer ses exploits, & à les retracer dans des monumens durables. Bien-tôt, si pour satisfaire votre ardeur héroïque, il vous est libre de le suivre au milieu de ses victoires, vous irez profiter encore de ses grands exemples ; & faire voir aux Nations, que vous êtes digne Fils d'un Roi, qui sçait en même-

sems vaincre ses Ennemis, & se faire adorer de ses Sujets.

Je suis avec le plus profond respect,

MONSEIGNEUR,

Votre très-humble & très-obéissant serviteur, **

EXPLICATION
DU FRONTISPICE
ET DES VIGNETTES.

FRONTISPICE.

PHEDRE & SOCRATE affis fous un plane, lifent une Differtation *fur le Beau* Περὶ κάλου. Sujet tiré de Plat. Dial. Phedr.

FLEURON.

Deux Enfans qui fe regardent dans un miroir avec des fentimens différens. *Fable 8. de Phedre, Liv. 3.*

I. VIGNETTE. *pag.* 1.

La Sculpture qui regarde avec complaifance le Bufte d'un jeune Héros qu'elle vient de finir.

II. VIGNETTE. *pag.* 51.

Horace dans les Jardins de Prenefte, écrit à Lollius, qu'Homere enfeigne mieux ce que c'eft que le bon Goût, que les Philofophes : *Plenius ac melius Chryfippo.*

III. VIGNETTE. *pag.* 132.

Callioppe chante des vers ; un petit Génie en marque la cadance.

AVANT-PROPOS.

ON se plaint tous les jours de
la multitude des régles : elles em-
barassent également & l'Auteur
qui veut composer, & l'Amateur
qui veut juger. Je n'ai garde de
vouloir ici en augmenter le nombre. J'ai un dessein tout différent :
c'est de rendre le fardeau plus lé-
ger, & la route simple.

Les Régles se sont multipliées
par les observations faites sur les
Ouvrages ; elles doivent se sim-
plifier, en ramenant ces mêmes
observations à des principes communs. Imitons les vrais Physi-
ciens, qui amassent des expérien-

ces, & fondent enfuite fur elles un fyftême, qui les réduit en principe.

Nous fommes très-riches en obfervations : c'eft un fonds qui s'eft groffi de jour en jour depuis la naiffance des Arts jufqu'à nous. Mais ce fonds fi riche, nous gêne plus qu'il ne nous fert. On lit, on étudie, on veut fçavoir : tout s'échappe ; parce qu'il y a un nombre infini de parties, qui, n'étant nullement liées entr'elles, ne font qu'une maffe informe, au lieu de faire un corps régulier.

Toutes les Régles font des branches qui tiennent à une même tige. Si on remontoit jufqu'à leur fource, on y trouveroit un principe affez fimple, pour être faifi fur

le champ, & assez étendu, pour
absorber toutes ces petites régles
de détail, qu'il suffit de connoître
par le sentiment, & dont la théorie ne fait que gêner l'esprit, sans
l'éclairer. Ce principe fixeroit
tout d'un coup les vrais génies, &
les affranchiroit de mille vains
scrupules, pour ne les soumettre
qu'à une seule loi souveraine, qui,
une fois bien comprise, seroit la
base, le précis & l'explication de
toutes les autres.

Je serois fort heureux, si ce
dessein se trouvoit seulement
ébauché dans ce petit Ouvrage,
que je n'ai entrepris d'abord que
pour éclaircir mes propres idées.
C'est la Poësie qui l'a fait naître.

J'avois étudié les Poëtes com-

me on les étudie ordinairement,
dans les éditions où ils font ac-
compagnés de remarques. Je me
croyois affez inftruit dans cette
partie des belles Lettres, pour
paffer bientôt à d'autres matières.
Cependant avant que de changer
d'objet ; je crûs devoir mettre en
ordre les connoiffances que j'avois
acquifes, & me rendre compte à
moi-même.

Et pour commencer par une
idée claire & diftincte, je me de-
mandai, ce que c'eft que la Poëfie,
& en quoi elle diffère de la Profe ?

Je croyois la réponfe aifée : il
eft fi facile de fentir cette différence : mais ce n'étoit point affez
de fentir, je voulois une défini-
nition exacte.

Je reconnus bien alors que
quand j'avois jugé des Auteurs,
c'étoit une forte d'inftinct qui
m'avoit guidé, plutôt que la raifon:
je fentis les rifques que j'avois
courus, & les erreurs où je pou-
vois être tombé, faute d'avoir réuni
la lumiere de l'efprit avec le fentiment.

Je me faifois d'autant plus de
reproches, que je m'imaginois que
cette lumiere & ces principes devoient être dans tous les ouvrages
où il eft parlé de Poëtique ; &
que c'étoit par diftraction, que je
ne les avois pas mille fois remarqués. Je retourne fur mes pas :
j'ouvre le livre de M. Rollin :
je trouve, à l'article de la Poëfie,
un difcours fort fenfé fur fon

origine & fur fa deftination, qui doit être toute au profit de la Vertu. On y cite les beaux endroits d'Homere : on y donne la plus jufte idée de la fublime Poëfie des Livres faints : mais c'étoit une définition que je demandois.

Recourons aux Daciers , aux le Boffus , aux d'Aubignacs : confultons de nouveau les Remarques , les Réflexions , les Differtations des célébres Ecrivains : mais partout on ne trouve que des idées femblables aux réponfes des Oracles : *obfcuris vera involvens*. On parle de feu divin, d'enthoufiafme , de tranfports , d'heureux délires , tous grands mots, qui étonnent l'oreille & ne difent rien à l'efprit.

Après tant de recherches inutiles, & n'ofant entrer feul dans
une matière qui, vue de près, pa-
roiſſoit ſi obſcure ; je m'aviſai
d'ouvrir Ariſtote dont j'avois ouï
vanter la Poëtique. Je croyois
qu'il avoit été conſulté & copié
par tous les Maîtres de l'Art : pluſieurs ne l'avoient pas même lû, &
preſque perſonne n'en avoit rien
tiré : à l'exception de quelques
Commentateurs, leſquels n'ayant
fait de ſyſtême, qu'autant qu'il en
falloit, pour éclaircir à peu près
le texte, ne me donnerent que des
commencemens d'idées ; & ces
idées étoient ſi ſombres, ſi enve-
loppées, ſi obſcures, que je déſeſ-
pérai preſque de trouver en aucun
endroit, la réponſe préciſe à la

queſtion que je m'étois propoſée, & qui m'avoit d'abord paru ſi facile à réſoudre.

Cependant le principe de l'imitation, que le Philoſophe Grec établit pour les beaux Arts, m'avoit frappé. J'en avois ſenti la juſteſſe pour la Peinture, qui eſt une Poëſie muette. J'en rapprochai les idées d'Horace, de Boileau, de quelques autres grands Maîtres. J'y joignis pluſieurs traits échappés à d'autres Auteurs ſur cette matière ; la maxime d'Horace ſe trouva vérifiée par l'examen : *ut Pictura Poëſis*. Il ſe trouva que la Poëſie étoit en tout une imitation, de même que la Peinture. J'allai plus loin : j'eſſayai d'appliquer le même principe à la Mufique & à l'Art du Gefte, & je fus étonné de la juftefle avec laquelle il leur convenoit. C'eft ce qui a produit ce petit Ouvrage, où on fent bien que la Poëfie doit tenir le principal rang ; tant à caufe de fa dignité, que parce qu'elle en a été l'occafion.

Il eft divifé en trois parties. Dans la premiere, on examine quelle peut être la nature des Arts, quelles en font les parties & les différences effentielles ; & on montre par la qualité même de l'efprit humain, que l'imitation de la Nature doit être leur objet commun ; & qu'ils ne différent entr'eux que par le moyen qu'ils employent, pour exécuter cette

imitation. Les moyens de la Peinture, de la Mufique, de la Danfe
font les couleurs, les fons, les
geftes ; celui de la Poëfie eft le
difcours. De forte qu'on voit d'un
côté, la liaifon intime & l'efpèce
de fraternité qui unit tous les
Arts, (*a*) tous enfans de la Nature, fe propofant le même but,
fe réglant par les mêmes principes : de l'autre côté, leurs différences particulieres, ce qui les
fépare & les diftingue entr'eux.

Après avoir établi la nature
des Arts par celle du Génie de
l'Homme qui les a produits ; il

(a) *Etenim omnes*
Artes quæ ad humani-
tatem pertinent, ha-
bent quoddam com-
mune vinculum, &
quafi cognatione quâ-
dam inter fe continen-
tur. Cic. pro Archia
Poëta.

étoit naturel de penfer aux preuves qu'on pouvoit tirer du fentiment, d'autant plus, que c'eft le
Goût qui eft le juge-né de tous
les beaux Arts, & que la Raifon
même n'établit fes régles, que
par rapport à lui & pour lui plaire;
& s'il fe trouvoit que le Goût
fût d'accord avec le Génie, &
qu'il concourût à prefcrire les mêmes régles pour tous les Arts en
général & pour chacun d'eux
en particulier; c'étoit un nouveau dégré de certitude & d'évidence ajouté aux premieres preuves. C'eft ce qui a fait la matière
d'une feconde Partie, où on prouve, que le bon Goût dans les Arts
eft abfolument conforme aux
idées établies dans la premiere

Partie ; & que les régles du Goût
ne font que des conféquences du
principe de l'imitation : car fi les
Arts font effentiellement imitateurs de la belle Nature ; il s'enfuit que le Goût de la belle Nature doit être effentiellement le
bon goût dans les Arts. Cette
conféquence fe développe dans
plufieurs articles, où on tâche d'expofer ce que c'eft que le Goût,
de quoi il dépend , comment il fe
perd, &c. & tous ces articles fe
tournent toujours en preuve du
principe général de l'imitation ,
qui embraffe tout. Ces deux Parties contiennent les preuves de
raifonnement.

Nous en avons ajouté une troifiéme , qui renferme celles qui fe

tirent de l'exemple & de la conduite même des Artiftes : c'eft la Théorie vérifiée par la Pratique. Le Principe général eft appliqué aux efpèces particulieres , & la plûpart des régles connues font rappellées à l'imitation , & forment une forte de chaîne , par laquelle l'efprit faifit à la fois les conféquences & le principe , comme un tout parfaitement lié , & dont toutes les parties fe foutiennent mutuellement.

C'eft ainfi qu'en cherchant une feule définition de la Poëfie , cet Ouvrage s'eft formé prefque fans deffein , & par une progreffion d'idées , dont la premiere a été le germe de toutes les autres.

TABLE
DES CHAPITRES.

PREMIERE PARTIE.

OU L'ON E'TABLIT LA NATURE DES ARTS PAR CELLE DU GE'NIE QUI LES PRODUIT.

DES CHAPITRES.

SECONDE PARTIE.

OÙ ON ÉTABLIT LE PRINCIPE DE L'IMITATION PAR LA NATURE ET PAR LES LOIX DU GOUT.

TABLE

TROISIÉME PARTIE.

OU LE PRINCIPE DE L'IMITATION EST VERIFIÉ PAR SON APPLICATION AUX DIFFERENS ARTS.

SECTION

DES CHAPITRES.

SECTION PREMIERE.

L'ART POETIQUE EST RENFERMÉ DANS L'IMITATION DE LA BELLE NATURE.

b

TABLE DES CHAPITRES.

SECTION SECONDE.

SECTION TROISIEME.

Fin de la Table des Chapitres.

LES

LES .BEAUX ARTS

REDUITS

A UN PRINCIPE.

PREMIERE PARTIE.

Ou l'on etablit la nature des Arts par celle du Ge'nie qui les produit.

IL régne peu d'ordre dans la maniere de traiter les beaux Arts. Jugeons-en par la Poëſie. On

A

croit en donner des idées juftes en difant qu'elle embraffe tous les Arts : c'eft, dit-on, un compofé de Peinture, de Mufique & d'Eloquence.

Comme l'Eloquence, elle parle : elle prouve : elle raconte. Comme la Mufique, elle a une marche réglée, des tons, des cadences dont le mélange forme une forte de concert. Comme la Peinture, elle deffine les objets : elle y répand les couleurs : elle y fond toutes les nuances de la Nature : en un mot, elle fait ufage des couleurs & du pinceau : elle emploie la mélodie & les accords : elle montre la vérité, & fait la faire aimer.

La Poéfie embraffe toutes fortes de matières : elle fe charge de ce qu'il y a de plus brillant dans l'Hiftoire : elle entre dans les champs de la Philofophie : elle s'élance dans les cieux, pour y admirer la marche des Aftres : elle s'enfonce dans les

abymes, pour y éxaminer les fecrets
de la Nature : elle pénetre jufque
chez les morts, pour y voir les ré-
compenfes des juftes & les fupplices
des impies : elle comprend tout l'U-
nivers. Si ce monde ne lui fuffit pas,
elle crée des mondes nouveaux,
qu'elle embellit de demeures enchantées, qu'elle peuple de mille
habitans divers. Là, elle compofe
les êtres à fon gré : elle n'enfante
rien que de parfait : elle enchérit
fur toutes les productions de la Nature : c'eft une efpece de magie :
elle fait illufion aux yeux, à l'imagination, à l'efprit même, & vient à
bout de procurer aux hommes, des
plaifirs réels, par des inventions chi-
mériques. C'eft ainfi que la plupart
des Auteurs ont parlé de la Poéfie.

Ils ont parlé à peu près de même
des autres Arts. Pleins du mérite de
ceux auxquels ils s'étoient livrés,
ils nous en ont donné des defcrip-

A ij

tions pompeuſes , pour une ſeule
définition préciſe qu'on leur deman-
doit ; ou s'ils ont entrepris de nous
les définir , comme la nature en eſt
d'elle-même très-compliquée , ils
ont pris quelquefois l'acceſſoire pour
l'eſſentiel , & l'eſſentiel pour l'acceſſoire. Quelquefois même entraî-
nés par un certain intérêt d'Auteur,
ils ont profité de l'obſcurité de la
matière , & nous ont donné des
idées , formées ſur le modéle de
leurs propres ouvrages.

Nous ne nous arrêterons point ici
à réfuter les différentes opinions ,
qu'il y a ſur l'eſſence des Arts , &
ſur-tout de la Poëſie : nous com-
mencerons par établir notre principe , & s'il eſt une fois bien prouvé ,
les preuves qui l'auront établi, de-
viendront la réfutation des autres
ſentimens.

CHAPITRE I.

Division & Origine des Arts.

IL n'eſt pas néceſſaire de commencer ici par l'éloge des Arts en général. Leurs bienfaits s'annoncent
aſſez d'eux-mêmes : tout l'Univers
en eſt rempli. Ce ſont eux qui ont
bâti les villes , qui ont rallié les
hommes diſperſés, qui les ont polis,
adoucis, rendus capables de ſociété.
Deſtinés les uns à nous ſervir , les
autres à nous charmer , quelques-
uns à faire l'un & l'autre enſemble ,
ils ſont devenus en quelque ſorte
pour nous un ſecond ordre d'élémens, dont la Nature avoit réſervé
la création à notre induſtrie.

On peut les diviſer en trois eſ-
péces par rapport aux fins qu'ils ſe
propoſent.

A iij

Les uns ont pour objet les befoins de l'homme, que la Nature femble abandonner à lui-même dès qu'une fois il eft né : expofé au froid, à la faim, à mille maux, elle a voulu que les remedes & les préfervatifs qui lui font néceffaires, fuffent le prix de fon induftrie & de fon travail. C'eft de-là que font fortis les Arts mécaniques.

Les autres ont pour objet le plaifir. Ceux-ci n'ont pu naître que dans le fein de la joie & des fentimens que produifent l'abondance & la tranquillité : on les appelle les beaux Arts par excellence. Tels font la Mufique, la Poëfie, la Peinture, la Sculpture, & l'Art du gefte ou la Danfe.

La troifiéme efpéce contient les Arts qui ont pour objet l'utilité & l'agrément tout à la fois : tels font l'Eloquence & l'Architecture : c'eft le befoin qui les a fait éclore, & le goût qui les a perfectionnés : ils tiennent une forte de milieu entre les deux autres efpéces : ils en partagent l'agrément & l'utilité.

Les Arts de la premiere efpéce employent la Nature telle qu'elle eft, uniquement pour l'ufage. Ceux de la troifiéme, l'employent en la poliffant, pour l'ufage & pour l'agrément. Les beaux Arts ne l'employent point, ils ne font que l'imiter chacun à leur maniere ; ce qui a befoin d'être expliqué, & qui le fera dans le Chapitre fuivant. Ainfi la Nature feule eft l'objet de tous les Arts. Elle contient tous nos befoins & tous nos plaifirs ; & les Arts mécaniques & libéraux ne font faits que pour les en tirer.

Nous ne parlerons ici que des beaux Arts, c'eft-à-dire, de ceux dont le premier objet eft de plaire ; & pour les mieux connoître remontons à la caufe qui les a produits.

Ce font les hommes qui ont fait

A iv

les Arts ; & c'eſt pour eux-mêmes
qu'ils les ont faits. Ennuyés d'une
jouiſſance trop uniforme des objets
que leur offroit la Nature toute ſimple, & ſe trouvant d'ailleurs dans une
ſituation propre à recevoir le plaiſir ; ils eurent recours à leur génie
pour ſe procurer un nouvel ordre
d'idées & de ſentimens qui réveillât
leur eſprit & ranimât leur goût. Mais
que pouvoit faire ce génie borné
dans ſa fécondité & dans ſes vues,
qu'il ne pouvoit porter plus loin que
la Nature ? & ayant d'un autre côté
à travailler pour des hommes dont
les facultés étoient reſſerrées dans
les mêmes bornes ? Tous ſes efforts
dûrent néceſſairement ſe réduire à
faire un choix des plus belles parties de la Nature pour en former un
tout exquis, qui fût plus parfait que
la Nature elle-même, ſans cependant
ceſſer d'être naturel. Voilà le principe ſur lequel a dû néceſſairement

fe dreffer le plan fondamental des Arts , & que les grands Artiftes ont fuivi dans tous les fiécles. D'où je conclus.

Premierement , que le Génie, qui eft le pere des Arts , doit imiter la Nature. Secondement, qu'il ne doit point l'imiter telle qu'elle eft. Troi-fiémement, que le Goût pour qui les Arts font faits & qui en eft le Juge, doit être fatisfait quand la Nature eft bien choifie & bien imitée par les Arts. Ainfi, toutes nos preuves doivent tendre à établir l'imitation de la belle Nature. 1°. Par la nature & la conduite du Génie qui les pro-duit. 2°. Par celle du Goût qui en eft l'arbitre. C'eft la matière des deux premieres Parties. Nous en ajoute-rons une troifiéme, où fe fera l'ap-plication du principe aux différentes efpéces d'Arts , à la Poëfie , à la Peinture, à la Mufique & à la Danfe.

CHAPITRE II.

Le Génie n'a pu produire les Arts que par l'imitation : ce que c'est qu'imiter.

L'ESPRIT humain ne peut créer qu'improprement : toutes ses productions portent l'empreinte d'un modéle. Les monstres mêmes, qu'une imagination déréglée se figure dans ses délires, ne peuvent être composés que de parties prises dans la Nature. Et si le Génie, par caprice, fait de ces parties un assemblage contraire aux loix naturelles, en dégradant la Nature, il se dégrade lui-même, & se change en une espéce de folie. Les limites sont marquées, dès qu'on les passe on se perd. On fait un chaos plutôt qu'un monde, & on cause de l'horreur plutôt que du plaisir.

Le Génie qui travaille pour plaire, ne doit donc, ni ne peut fortir des bornes de la Nature même. Sa fonction confifte, non à imaginer ce qui ne peut être, mais à trouver ce qui eft. Inventer dans les Arts, n'eft point donner l'être à un objet, c'eft le reconnoître où il eft, & comme il eft. Et les hommes de génie qui creufent le plus, ne découvrent que ce qui exiftoit auparavant. Ils ne font créateurs que pour avoir obfervé, & réciproquement, ils ne font obfervateurs que pour être en état de créer. Les moindres objets les appellent. Ils s'y livrent : parce qu'ils en remportent toujours de nouvelles connoiffances qui étendent le fonds de leur efprit, & en préparent la fécondité. Le Génie eft comme la terre qui ne produit rien qu'elle n'en ait reçu la femence. Cette comparaifon bien loin d'appauvrir les Artiftes, ne fert qu'à leur faire connoître la fource & l'étendue

de leurs véritables richeffes, qui, par
là, font immenfes; puifque toutes les
connoiffances que l'efprit peut ac-
quérir dans la nature, devenant le germe de fes productions dans les Arts,
le Génie n'a d'autres bornes, du côté
de fon objet, que celles de l'Univers.

Le Génie doit donc avoir un appui pour s'élever & fe foutenir, &
cet appui eft la Nature. Il ne peut la
créer, il ne doit point la détruire; il
ne peut donc que la fuivre & l'imiter, & par conféquent tout ce qu'il
produit ne peut être qu'imitation.

Imiter, c'eft copier un modéle. Ce
terme contient deux idées. 1°. le
Prototype qui porte les traits qu'on
veut imiter. 2°. la Copie qui les ré-
préfente. La Nature, c'eft-à-dire tout
ce qui eft, ou que nous concevons
aifément comme poffible, voilà le
prototype ou le modèle des Arts. Il
faut, comme nous venons de le dire,
que l'induftrieux imitateur ait tou-

jours les yeux attachés fur elle, qu'il
la contemple fans ceffe : Pourquoi?
C'eft qu'elle renferme tous les plans
des ouvrages réguliers, & les deffeins
de tous les ornemens qui peuvent
nous plaire. Les Arts ne créent point
leurs régles : elles font indépendan-
tes de leur caprice, & invariablement
tracées dans l'exemple de la Nature.

Quelle eft donc la fonction des
Arts ? C'eft de tranfporter les traits
qui font dans la Nature, & de les
préfenter dans des objets à qui ils ne
font point naturels. C'eft ainfi que
le cifeau du Statuaire montre un héros dans un bloc de marbre. Le Peintre par fes couleurs, fait fortir de la
toile tous les objets vifibles. Le Muficien par des fons artificiels fait gronder l'orage, tandis que tout eft cal-
me ; & le Poëte enfin par fon invention & par l'harmonie de fes vers,
remplit notre efprit d'images feintes
& notre cœur de fentimens factices,

souvent plus charmans que s'ils
étoient vrais & naturels. D'où je
conclus, que les Arts, dans ce qui
est proprement Art, ne font que des
imitations, des reffemblances qui ne
font point la Nature, mais qui paroiffent l'être ; & qu'ainfi la matière
des beaux Arts n'eft point le vrai,
mais feulement le vrai-femblable.
Cette conféquence eft affez importante pour être développée & prouvée fur le champ par l'application.

Qu'eft-ce que la Peinture ? Une
imitation des objets vifibles. Elle n'a
rien de réel, rien de vrai, tout eft
phantôme chez elle, & fa perfection
ne dépend que de fa reffemblance
avec la réalité.

La Mufique & la Danfe peuvent
bien régler les tons & les geftes de
l'Orateur en chaire, & du Citoyen
qui raconte dans la converfation ;
mais ce n'eft point encore là, qu'on
les appelle des Arts proprement,

Elles peuvent aussi s'égarer, l'une dans des caprices, où les sons s'entrechoquent sans dessein ; l'autre dans des secousses & des sauts de fantaisie : mais ni l'une ni l'autre, elles ne sont plus alors dans leurs bornes légitimes. Il faut donc pour qu'elles soient ce qu'elles doivent être, qu'elles reviennent à l'imitation : qu'elles soient le portrait artificiel des passions humaines. Et c'est alors qu'on les reconnoît avec plaisir, & qu'elles nous donnent l'espéce & le degré de sentiment qui nous satisfait.

Enfin la Poësie ne vit que de fiction. Chez elle le Loup porte les traits de l'homme puissant & injuste ; l'Agneau, ceux de l'innocence opprimée. L'Eglogue nous offre des Bergers poëtiques qui ne sont que des ressemblances, des images. La Comédie fait le portrait d'un Harpagon idéal, qui n'a que par emprunt les traits d'une avarice réelle.

La Tragédie n'eſt Poëſie que dans ce qu'elle feint par imitation. Céſar a eu un démêlé avec Pompée, ce n'eſt point poëſie, c'eſt hiſtoire. Mais qu'on invente des diſcours, des motifs, des intrigues, le tout d'après les idées que donne l'Hiſtoire des caractères & de la fortune de Céſar & de Pompée ; voilà ce qu'on nomme Poëſie, parce que cela ſeul eſt l'ouvrage du Génie & de l'Art.

L'Epopée enfin n'eſt qu'un récit d'actions poſſibles, préſentées avec tous les caractères de l'exiſtence. Junon & Enée n'ont jamais ni dit, ni fait ce que Virgile leur attribue ; mais ils ont pu le faire ou le dire, c'eſt aſſez pour la Poëſie. C'eſt un menſonge perpétuel, qui a tous les caractères de la vérité.

Ainſi, tous les Arts dans tout ce qu'ils ont de vraiment artificiel, ne ſont que des choſes imaginaires, des êtres feints, copiés & imités d'après les

les véritables. C'eſt pour cela qu'on met ſans ceſſe l'Art en oppoſition avec la Nature : qu'on n'entend partout que ce cri , que c'eſt la Nature qu'il faut imiter : que l'Art eſt parfait quand il la repréſente parfaitement : enfin que les chefs-d'œuvres de l'Art , ſont ceux qui imitent ſi bien la Nature, qu'on les prend pour la Nature elle-même.

Et cette imitation pour laquelle nous avons tous une diſpoſition ſi naturelle, puiſque c'eſt l'exemple qui inſtruit & qui régle le genre-humain, *vivimus ad exempla*, cette imitation, dis-je, eſt une des principales ſources du plaiſir que cauſent les Arts. L'eſprit s'exerce dans la comparaiſon du modéle avec le portrait ; & le jugement qu'il en porte, fait ſur lui une impreſſion d'autant plus agréable, qu'elle lui eſt un témoignage de ſa pénétration & de ſon intelligence.

Cette doctrine n'eſt point nou-

B

velle. On la trouve par-tout chez les anciens. Ariftote commence fa Poëtique par ce principe : que la Mufique, la Danfe, la Poëfie, la Peinture, font des Arts imitateurs. (*a*) C'eft-là que fe rapportent toutes les régles de fa Poëtique. Selon Platon pour être Poëte il ne fuffit pas de raconter, il faut feindre & créer l'action qu'on raconte. (*b*) Et dans fa

(*a*) Πασαι τυγχάνουσιν ουσαι μιμήσεις τι συνόλον. *Poet. cap.* 1.

M. Remond de S. Mard qui a beaucoup réfléchi fur l'effence de la Poëfie, & qui n'écrivant que pour les plus délicats n'a dû prendre que la fleur de fon fujet, dit formellement dans une de fes Notes que les beaux Arts ne confiftent que dans l'imitation. Voici fes termes : On n'y fonge pas affez, la Poëfie, la Mufique,

la Peinture, font trois Arts confacrés au plaifir, tous trois faits pour imiter la nature, tous trois deftinés à imiter les mouvemens de l'ame : les tirer de là, c'eft les deshonorer, c'eft les montrer par leur endroit foible.

(*b*) Εννοήσας ότι τον ποιητην δεοι είπερ μέλλοι ποιήτης ίναι, ποιειν μύθους αλλ' ου λόγους. *Dialog. Phædon.*

M. de Fontenelle a exprimé la même pen-

République, il condamne la Poësie; parce qu'étant essentiellement une imitation, les objets qu'elle imite peuvent intéresser les mœurs.

Horace a le même principe dans son Art poëtique :

Si fautoris eges aulæa manentis....
Ætatis cujusque notandi sunt tibi mores,
Mobilibusque decor maturis dandus & annis.

Pourquoi observer les mœurs, les étudier? N'est-ce pas à dessein de les copier?

Respicere exemplar morum vitæque jubebo
Doctum imitatorem, & vivas hinc ducere
voces.

Vivas voces ducere, c'est ce que

sée que Platon dans sa lettre aux Auteurs du Journ. des Sçavans, Tom. 5. de la derniere édition : Un grand Poëte, dit-il, si on entend par ce mot ce que l'on doit, est celui qui fait, qui inven-te, qui crée. La vraie Poësie d'une piéce de théatre, c'est toute sa constitution inventée & créée..... & Po-lieucte ou Cinna en prose seroient encore d'admirables produc-tions d'un Poëte.

B ij

nous appellons peindre d'après nature. Et tout n'eſt-il pas dit dans ce
ſeul mot : *ex noto fictum carmen ſe-*
quar. Je feindrai , j'imaginerai d'a-
près ce qui eſt connu des hommes.
On y ſera trompé, on croira voir la
nature elle-même , & qu'il n'eſt rien
de ſi aiſé que de la peindre de cette
ſorte : mais ce ſera une fiction , un
ouvrage de génie, au-deſſus des forces de tout eſprit médiocre , *ſudet*
multùm fruſtràque laboret.

    Les termes mêmes dont les An-
ciens ſe ſont ſervis en parlant de
Poëſie, prouvent qu'ils la regardoient
comme une imitation : les Grecs di-
ſoient ποιεῖν & μιμεῖν. Les Latins tra-
duiſoient le premier terme par *ſacere;*
les bons Auteurs diſent *ſacere Poe-*
ma, c'eſt-à-dire, forger, fabriquer,
créer: & le ſecond ils l'ont rendu, tantôt par *fingere*, & tantôt par *imitari*,
qui ſignifie autant une imitation artificielle , telle qu'elle eſt dans les

Arts, qu'une imitation réelle & morale, telle qu'elle eft dans la fociété.
Mais comme la fignification de ces
mots a été dans la fuite des tems
étendue, détournée, refferrée ; elle
a donné lieu à des méprifes, & ré-
pandu de l'obfcurité fur des principes qui étoient clairs par eux-mêmes,
dans les premiers Auteurs qui les ont
établis. On a entendu par *fiction*,
les fables qui font intervenir le miniftere des Dieux, & les font agir
dans une action ; parce que cette
partie de la fiction eft la plus noble.
Par *imitation*, on a entendu non
une copie artificielle de la Nature,
qui confifte précifément à la répré-
fenter, à la *contrefaire*, ὑποϰρίνειν:
mais toutes fortes d'imitations en
général. De forte que ces termes,
n'ayant plus la même fignification
qu'autrefois, ont ceffé d'être propres à caractérifer la Poëfie, & ont
rendu le langage des anciens inin-

telligible à la plûpart des Lecteurs.

De tout ce que nous venons de dire, il réfulte, que la Poëfie ne fubfifte que par l'imitation. Il en eft de même de la Peinture, de la Danfe, de la Mufique : rien n'eft réel dans leurs Ouvrages : tout y eft imaginé, feint, copié, artificiel. C'eft ce qui fait leur caractere effentiel par oppofition à la nature.

CHAPITRE III.

Le Génie ne doit point imiter la Nature telle qu'elle eft.

LE Génie & le Goût ont une liaifon fi intime dans les Arts, qu'il y a des cas où on ne peut les unir fans qu'ils paroiffent fe confondre, ni les féparer, fans prefque leur ôter leurs fonctions. C'eft ce qu'on éprouve ici, où il n'eft pas poſſible de dire ce que doit faire le Génie, en imitant la Nature, ſans ſuppoſer le Goût qui le guide. Nous avons été obligés de toucher ici au moins légérement cette matière, pour préparer ce qui ſuit; mais nous réſervons à en parler plus au long dans la ſeconde Partie.

Ariſtote compare la Poëſie avec l'Hiſtoire : leur différence, ſelon lui, n'eſt point dans la forme ni dans le ſtile, mais dans le fonds des choſes. Mais comment y eſt-elle ? L'Hiſtoire peint ce qui a été fait. La Poëſie, ce qui a pu être fait. L'une eſt liée au vrai, elle ne crée ni actions, ni Acteurs. L'autre n'eſt tenue qu'au vraiſemblable : elle invente : elle imagine à ſon gré : elle peint de tête. L'Hiſtorien donne les exemples tels qu'ils ſont, ſouvent imparfaits. Le Poëte les donne tels qu'ils doivent être. Et c'eſt pour cela que, ſelon le même Philoſophe, la Poëſie eſt une leçon

bien plus inſtructive que l'Hiſtoire (a).

Sur ce principe, il faut conclure
que ſi les Arts ſont imitateurs de la
Nature ; ce doit être une imitation
ſage & éclairée, qui ne la copie pas
ſervilement ; mais qui choiſiſſant les
objets & les traits, les préſente avec
toute la perfection dont ils ſont ſuſ-
ceptibles. En un mot, une imitation, où on voye la Nature, non telle
qu'elle eſt en elle-même, mais telle
qu'elle peut être, & qu'on peut la
concevoir par l'eſprit.

Que fit Zeuxis quand il voulut
peindre une beauté parfaite ? Fit-il le
portrait de quelque beauté particuliere, dont ſa peinture fût l'hiſtoire ?
Non : il raſſembla les traits ſéparés
de pluſieurs beautés exiſtantes. Il ſe
forma dans l'eſprit une idée factice
qui réſulta de tous ces traits réunis :

(a) Διὸ ϰ̀ Φιλοσοφώ- | ποιήσις ἱστορίας ἐστίν.
τερον ϰ̀ ſπουδαιότερον | Poetic. cap. 9.

& cette idée fut le prototype, ou
le modéle de son tableau, qui fut
vraisemblable & poëtique dans sa to-
talité, & ne fut vrai & hiftorique que
dans ses parties prises féparément.
Voilà l'exemple donné à tous les Artiftes : voilà la route qu'ils doivent
fuivre, & c'eft la pratique de tous
les grands Maîtres fans exception.

Quand Moliere voulut peindre la
Mifantropie, il ne chercha point dans
Paris un original, dont fa piéce fût
une copie exacte : il n'eût fait qu'une
hiftoire, qu'un portrait : il n'eût inftruit qu'à demi. Mais il recueillit
tous les traits d'humeur noire qu'il
pouvoit avoir remarqués dans les
hommes : il y ajouta tout ce que
l'effort de fon génie put lui fournir
dans le même genre ; & de tous ces
traits rapprochés & affortis, il en
figura un caractere unique, qui ne
fut pas la repréfentation du vrai,
mais celle du vraifemblable. Sa Co-

médie ne fut point l'histoire d'Alceste, mais la peinture d'Alceste fut
l'histoire de la Misantropie prise en
général. Et par là il a instruit beaucoup mieux que n'eût fait un Historien scrupuleux, qui eût raconté quelques traits véritables d'un Misantrope réel (*a*).

Ces deux exemples suffisent pour
donner, en attendant, une idée claire & distincte de ce qu'on appelle la

---

(*a*) « Platon, *dit Ma-*
xime de Tyr, Dissert. 7.
» a fait dans la Répu-
» blique de même que
» les Statuaires, qui
» rassemblent les plus
» beaux traits de diffé-
» rens corps pour en
» composer un seul
» d'une beauté parfai-
» te, & dont aucune
» beauté naturelle ne
» peut approcher pour
» le choix, le concert,
» la regularité de tou-
» tes ses parties. » On
disoit chez les anciens:
il est beau comme une
statue. Et c'est dans un
pareil sens que Juve-
nal pour exprimer tou-
tes les horreurs possi-
bles d'une tempête,
l'appelle , Tempête
poëtique.

Omnia fiunt
Talia, tàm graviter, si quando Poëtica surgit
Tempestas. Sat. XII.

belle Nature. Ce n'eſt pas le vrai qui
eſt; mais le vrai qui peut être, le beau
vrai, qui eſt repréſenté comme s'il
exiſtoit réellement, & avec toutes
les perfections qu'il peut recevoir (*a*).

Cela n'empêche point que le vrai
& le réel ne puiſſent être la matiere
des Arts. C'eſt ainſi que les Muſes
s'en expliquent dans Heſiode (*b*).

> Souvent par ſes couleurs l'adreſſe de notre
> Art,
> Au menſonge du vrai fait donner l'appa-
> rence,
> Mais nous ſavons auſſi par la même puiſ-
> ſance,
> Chanter la vérité ſans mélange & ſans
> fard.

Si un fait hiſtorique ſe trouvoit tel-

(*a*) La qualité de l'objet n'y fait rien. Que ce ſoit un hydre, un avare, un faux dé-vot, un Neron, dès qu'on les a préſentés avec tous les traits qui peuvent leur convenir on a peint la belle Na-ture. Que ce ſoit les Furies ou les Graces, il n'importe.

(*b*) Ιδμὲν ψεύδεα πολλὰ λέγειν ἐτυμοῖσιν ὁμοῖα,
Ιδμὲν δ'εὖτ', ἐθελῶμεν ἀληθέα μυθήσασθαι.

lement taillé qu'il pût servir de plan
à un Poëme , ou à un Tableau ; la
Peinture alors & la Poësie l'employe-
roient comme tel , & useroient de
leurs droits d'un autre côté, en in-
ventant des circonstances , des con-
trastes , des situations , &c. Quand
Le Brun peignoit les Batailles d'A-
lexandre , il avoit dans l'Histoire,
le fait, les Acteurs, le lieu de la Scene ; cependant quelle invention !
quelle Poësie dans son Ouvrage !
la disposition , les attitudes , l'expression des sentimens , tout cela
étoit réservé à la création du génie.
De même le combat des Horaces ,
d'Histoire qu'il étoit, se changea en
Poëme dans les mains de Corneille,
& le triomphe de Mardochée , dans
celles de Racine. L'Art bâtit alors
sur le fond de la vérité. Et il doit la
mêler si adroitement avec le men-
songe , qu'il s'en forme un tout de
même nature :

Atque ita mentitur, fic veris falfa remifcet,
Primo ne medium, medio ne difcrepet imum.

C'eft ce qui fe pratique ordinairement dans les Épopées, dans les
Tragédies, dans les Tableaux Hiftoriques. Comme le fait n'eft plus
entre les mains de l'Hiftoire, mais
livré au pouvoir de l'Artifte, à qui
il eft permis de tout ofer pour arriver à fon but ; on le pétrit de nouveau, fi j'ofe parler ainfi, pour lui
faire prendre une nouvelle forme :
on ajoute, on retranche, on tranf-
pofe. Si c'eft un Poëme, on ferre les
nœuds, on prépare les dénouemens,
&c..... car on fuppofe que le germe de tout cela eft dans l'Hiftoire,
& qu'il ne s'agit que de le faire éclore : s'il n'y eft point, l'Art alors jouït
de tous fes droits dans toute leur
étendue, il crée tout ce dont il a
befoin. C'eft un privilege qu'on lui
accorde, parce qu'il eft obligé de
plaire.

CHAPITRE IV.

Dans quel état doit être le Génie pour imiter la belle Nature.

LEs Génies les plus féconds ne fentent pas toujours la préfence des Mufes. Ils éprouvent des tems de féchereffe & de ftérilité. La verve de Ronfard qui étoit né Poëte, avoit des repos de plufieurs mois. La Mufe de Milton avoit des inégalités dont fon Ouvrage fe reffent ; & pour ne point parler de Stace , de Claudien, & de tant d'autres , qui ont éprouvé des retours de langueur & de foibleffe , le grand Homere ne fommeilloit-il pas quelquefois au milieu de tous fes Héros & de fes Dieux ? Il y a donc des momens heureux pour le génie , lorfque l'ame enflammée comme d'un feu divin fe

repréfente toute la nature, & répand
fur tous les objets cet efprit de vie
qui les anime, ces traits touchants
qui nous féduifent ou nous ravif-
fent.

Cette fituation de l'ame fe nomme *Enthoufiafme*, terme que tout
le monde entend affez, & que prefque perfonne ne définit. Les idées
qu'en donnent la plupart des Auteurs
paroiffent fortir plutôt d'une imagination étonnée & frappée d'enthoufiafme elle-même, que d'un efprit
qui ait penfé ou réflechi. Tantôt
c'eft une vifion célefte, une influence divine, un efprit prophétique :
tantôt c'eft une yvreffe, une extafe,
une joie mêlée de trouble & d'admiration en préfence de la Divinité.
Avoient-ils deffein par ce langage
emphatique de relever les Arts, &
de dérober aux Prophanes les Myf-
teres des Mufes?

Pour nous qui cherchons à éclair-

cir nos idées, écartons tout ce faſte
allégorique qui nous offuſque. Con-
ſiderons l'Enthouſiaſme comme un
Philoſophe conſidere les Grands,
ſans aucun égard pour ce vain étalage qui l'environne & qui le cache.

La Divinité qui inſpire les Auteurs excellens quand ils compo-
ſent, eſt ſemblable à celle qui anime
les Héros dans les combats :

Sua cuique Deus fit dira Cupido.

Dans les uns, c'eſt l'audace, l'intré-
pidité naturelle animée par la pré-
ſence même du danger. Dans les autres, c'eſt un grand fonds de génie,
une juſteſſe d'eſprit exquiſe, une
imagination féconde, & ſur-tout un
cœur plein d'un feu noble, & qui
s'allume aiſément à la vue des objets. Ces ames privilégiées prennent
fortement l'empreinte des choſes
qu'elles conçoivent, & ne manquent
jamais de les reproduire avec un
                                nouveau

nouveau caractere d'agrément & de force qu'elles leur communiquent.

Voilà la source & le principe de l'Enthousiasme. On sent déja quels doivent en être les effets par rapport aux Arts imitateurs de la belle Nature. Rappellons nous l'exemple de Zeuxis. La Nature a dans ses trésors tous les traits dont les plus belles imitations peuvent être composées : ce sont comme des études dans les tablettes d'un Peintre. L'Artiste qui est essentiellement observateur , les reconnoît , les tire de la foule , les assemble. Il en compose un Tout dont il conçoit une idée vive qui le remplit. Bientôt son feu s'allume , à la vue de l'objet : il s'oublie : son ame passe dans les choses qu'il crée : il est tour à tour Cinna , Auguste , Phedre , Hippolyte , & si c'est La Fontaine , il est le Loup & l'Agneau , le Chêne & le Roseau. C'est dans ces transports qu'Homere voit les chars & les cour-

C

fiers des Dieux : que Virgile entend
les cris affreux de Phlegias dans les
ombres infernales : & qu'ils trouvent
l'un & l'autre des chofes qui ne font
nulle part , & qui cependant font
vraies :

> . . . . . *Poëta cum tabulas cepit fibi ,*
> *Quarit quod nufquam eft gentium , reppe-*
> *rit tamen.*

C'eft pour le même effet que ce même enthoufiafme eft néceffaire aux
Peintres & aux Muficiens. Ils doivent
oublier leur état , fortir d'eux-mêmes , & fe mettre au milieu des chofes qu'ils veulent repréfenter. S'ils
veulent peindre une bataille ; ils fe
tranfportent, de même que le Poëte,
au milieu de la mêlée : ils entendent
le fracas des armes, les cris des mou-
rans : ils voyent la fureur, le carnage,
le fang. Ils excitent eux-mêmes leurs
imaginations, jufqu'à ce qu'ils fe fentent émus , faifis , effrayés : alors,

Deus ecce Deus : qu'ils chantent, qu'ils peignent, c'eſt un Dieu qui les inſpire :

> . . . . *Bella horrida bella,*
> *Et Tibrim multo ſpumantem ſanguine cerno.*

C'eſt ce que Ciceron appelle, *mentis viribus excitari, divino ſpiritu afflari.* Voilà la fureur poëtique : voilà l'Enthouſiaſme : voilà le Dieu que le Poëte invoque dans l'Epopée, qui inſpire le Héros dans la Tragédie, qui ſe transforme en ſimple Bourgeois dans la Comédie, en Berger dans l'Eglogue, qui donne la raiſon & la parole aux Animaux dans l'Apologue. Enfin le Dieu qui fait les vrais Peintres, les Muſiciens & les Poëtes.

Accoutumé que l'on eſt à n'éxiger l'Enthouſiaſme que pour le grand feu de la Lyre ou de l'Epopée, on eſt peut-être ſurpris d'entendre dire qu'il eſt néceſſaire même pour l'Apolo-

gue. Mais , qu'eft-ce que l'Enthoufiafme ? Il ne contient que deux chofes : une vive repréfentation de l'objet dans l'efprit, & une émotion du
cœur proportionnée à cet objet. (*a*)
Ainfi de même qu'il y a des objets fimples , nobles , fublimes, il y a auffi
des enthoufiafmes qui leur répondent, & que les Peintres, les Muficiens, les Poëtes fe partagent felon
les degrés qu'ils ont embraffés ; &
dans lefquels il eft néceffaire qu'ils fe
mettent tous, fans en excepter aucun, pour arriver à leur but qui eft
l'expreffion de la Nature dans fon
beau. Et c'eft pour cela que la Fontaine dans fes Fables,& Moliere dans
fes Comédies font Poëtes , & auffi

(*a*) Dans les fujets qui demandent de l'enthoufiafme , le Dieu n'enleve pas le Poëte ,
dit Plutarque , il ne fait que lui donner des
idées vives, lefquelles idées produifent des
fentimens qui leur ré-pondent. Ουδ' ορμὰς
ἐνεργαζόμενον , ἀλλὰ φαντασίας ὁμῶν ἀρ-
χούς. Vie de Coriol.

grands Poëtes que Corneille dans ſes
Tragédies , & Rouſſeau dans ſes
Odes.

CHAPITRE V.

De la maniere dont les Arts font leur imitation.

JUSQU'ICI on a tâché de montrer
que les Arts conſiſtoient dans l'imitation ; & que l'objet de cette imitation étoit la belle Nature repréſen-
tée à l'eſprit dans l'enthouſiaſme. Il
ne reſte plus qu'à expoſer la maniere
dont cette imitation ſe fait. Et par-
là, on aura la différence particuliere
des Arts dont l'objet commun eſt
l'imitation de la belle Nature.

    On peut diviſer la Nature par rap-
port aux beaux Arts en deux parties :
l'une qu'on ſaiſit par les yeux , &
l'autre, par le miniſtere des oreilles :

car les autres fens font ftériles pour
les beaux Arts. La premiere partie
eft l'objet de la Peinture qui repréfente fur un plan tout ce qui eft vi-
fible. Elle eft celui de la Sculpture
qui le repréfente en relief ; & enfin
celui de l'Art du gefte qui eft une
branche des deux autres Arts que je
viens de nommer, & qui n'en diffé-
re, dans ce qu'il embraffe, que parce
que le fujet à qui on attache les geftes dans la Danfe eft naturel & vi-
vant, au lieu que la toile du Peintre & le marbre du Sculpteur ne le
font point.

La feconde partie eft l'objet de
la Mufique confidérée feule & comme un chant ; en fecond lieu de la
Poëfie qui employe la parole, mais
la parole mefurée & calculée dans
tous fes tons.

Ainfi la Peinture imite la belle Nature par les couleurs, la Sculpture
par les reliefs, la Danfe par les mou-

vemens & par les attitudes du corps.
La Musique l'imite par les sons inarticulés, & la Poësie enfin par la parole
mesurée. Voilà les caracteres distin-
ctifs des Arts principaux. Et s'il arrive quelquefois que ces Arts se mê-
lent & se confondent, comme, par
exemple, dans la Poësie, si la Danse
fournit des gestes aux Acteurs sur le
théâtre ; si la Musique donne le ton
de la voix dans la déclamation ; si
le pinceau décore le lieu de la scéne ;
ce sont des services qu'ils se rendent
mutuellement, en vertu de leur fin
commune & de leur alliance réciproque, mais c'est sans préjudice à leurs
droits particuliers & naturels. Une
Tragédie sans gestes, sans musique,
sans décoration, est toujours un Poëme. C'est une imitation exprimée par
le discours mesuré. Une Musique sans
paroles est toujours musique. Elle exprime la plainte & la joie indépen-
damment des mots, qui l'aident, à

la vérité ; mais qui ne lui apportent,
ni ne lui ôtent rien qui altére fa nature & fon effence. Son expreffion
effentielle eft le fon , de même que
celle de la Peinture eft la couleur,
& celle de la Danfe le mouvement
du corps. Cela ne peut être contefté.

Mais il y a ici une chofe à remarquer : C'eft que de même que les Arts
doivent choifir les deffeins de la Nature & les perfectionner, ils doivent
choifir auffi & perfectionner les expreffions qu'ils empruntent de la Nature. Ils ne doivent point employer
toutes fortes de couleurs, ni toutes
fortes de fons : il faut en faire un
jufte choix & un mêlange exquis : il
faut les allier, les proportionner, les
nuancer , les mettre en harmonie.
Les couleurs & les fons ont entr'eux
des fympathies & des répugnances.
La Nature a droit de les unir felon
fes volontés , mais l'Art doit le faire
felon les régles. Il faut non-feule-

ment qu'il ne bleſſe point le goût, mais qu'il le flatte, & le flatte autant qu'il peut être flatté.

Cette remarque s'applique également à la Poëſie. La parole qui eſt ſon inſtrument ou ſa couleur, a chez elle certains dégrés d'agrément qu'elle n'a point dans le langage ordinaire : c'eſt le marbre choiſi, poli, & taillé, qui rend l'édifice plus riche, plus beau, plus ſolide. Il y a un certain choix de mots, de tours, ſurtout une certaine harmonie réguliere qui donne à ſon langage quelque choſe de ſurnaturel qui nous charme & nous enleve à nous-mêmes. Tout cela a beſoin d'être expliqué avec plus d'étendue, & le ſera dans la troiſiéme Partie.

DEFINITIONS DES ARTS.

Il eſt aiſé maintenant de définir les Arts dont nous avons parlé juſqu'ici. On connoît leur objet, leur fin, leurs fonctions, & la maniere dont ils s'en acquittent; ce qu'ils ont de commun qui les unit; ce qu'ils ont de propre, qui les fépare & les diftingue.

On définira la Peinture, la Sculpture, la Danfe, une imitation de la belle Nature exprimée par les couleurs, par le relief, par les attitudes. Et la Mufique & la Poëfie, l'imitation de la belle Nature exprimée par les fons, ou par le difcours mefuré.

Ces définitions font fimples, elles font conformes à la nature du génie qui produit les Arts, comme on vient de le voir. Elles ne le font pas moins aux loix du goût, on le verra dans la feconde Partie. Enfin elles conviennent à toutes les efpéces d'ouvrages qui font véritablement ouvrages de l'Art. On le verra dans la troifiéme.

CHAPITRE VI.

En quoi l'Eloquence & l'Architeĉture diffèrent des autres Arts.

IL faut se rappeller un moment, la division des Arts que nous avons proposée ci-dessus. Les uns furent inventés pour le seul besoin ; d'autres pour le plaisir ; quelques-uns dûrent leur naissance d'abord à la nécessité, mais, ayant sçu depuis se revêtir d'agrémens, ils se placerent à côté de ceux qu'on appelle beaux Arts par honneur. C'est ainsi que l'Architecture ayant changé en demeures riantes & commodes, les antres que le besoin avoit creusez pour servir de retraite aux hommes, mérita parmi les Arts, une distinction qu'elle n'avoit pas auparavant.

Il arriva la même chose à l'Eloquence. Le befoin qu'avoient les hommes de fe communiquer leurs penfées & leurs fentimens, les fit Orateurs & Hiftoriens, dès qu'ils furent faire ufage de la parole. L'expérience, le tems, le goût ajouterent à leurs difcours, de nouveaux dégrés de perfection. Il fe forma un Art qu'on appella Eloquence, & qui, même pour l'agrément, fe mit prefque au niveau de la Poëfie : fa proximité, & fa reffemblance avec celle-ci, lui donnerent la facilité d'en emprunter les ornemens qui pouvoient lui convenir, & de fe les ajufter. De-là vinrent les périodes arrondies, les antithèfes mefurées, les portraits frappés, les allégories foutenues : de-là, le choix des mots, l'arrangement des phrafes, la progreffion fimmétrique de l'harmonie. Ce fut l'Art qui fervit alors de modéle à la Nature ; ce qui arrive fouvent : (*a*) mais à une

(*a*) Voyez le chap. 7. de la 2. part.

condition, qui doit être regardée comme la bafe effentielle & la régle fondamentale de tous les Arts : C'eft que, dans les Arts qui font pour l'ufage, l'agrément prenne le caractere de la néceffité même : tout doit y paroître pour le befoin. De même que dans les Arts qui font deftinés au plaifir, l'utilité n'a droit d'y entrer, que quand elle eft de caractere à procurer le même plaifir, que ce qui auroit été imaginé uniquement pour plaire. Voilà la régle.

Ainfi de même que la Poëfie, ou la Sculpture, ayant pris leurs fujets dans l'Hiftoire, ou dans la Société, fe juftifieroient mal d'un mauvais ouvrage, par la vérité du modéle qu'elles auroient fuivi ; parce que ce n'eft pas le vrai qu'on leur demande, mais le beau : De même auffi l'Eloquence & l'Architecture mériteroient des reproches, fi le deffein de plaire y paroiffoit. C'eft chez elles

que l'Art rougit quand il eſt apper-
çu. Tout ce qui n'y eſt que pour
l'ornement, eſt vicieux. Ce n'eſt pas
un ſpectacle qu'on leur demande,
c'eſt un ſervice.

Il y a cependant des occaſions,
où l'Eloquence & l'Architecture peuvent prendre l'eſſor. Il y a des Héros à célébrer, & des Temples à
bâtir. Et comme le devoir de ces
deux Arts eſt alors d'imiter la grandeur de leur objet, & d'exciter l'admiration des hommes ; il leur eſt
permis de s'élever de quelques dégrés, & d'étaler toutes leurs richeſ-
ſes : mais cependant, ſans s'écarter
trop de leur fin originaire, qui eſt
le beſoin & l'uſage. On leur demande le beau dans ces occaſions, mais
un beau qui ſoit d'une utilité réelle.

Que penſeroit-on d'un édifice
ſomptueux qui ne ſeroit d'aucun
uſage ? La dépenſe comparée avec
l'inutilité, formeroit une diſpropor-

tion defagréable pour ceux qui le verroient, & ridicule pour celui qui l'auroit fait. Si l'édifice demande de la grandeur, de la majefté, de l'élégance, c'eft toujours en confidération du maître qui doit l'habiter. S'il y a proportion, variété, unité, c'eft pour le rendre plus aifé, plus folide, plus commode : tous les agrémens pour être parfaits doivent fe tourner à l'ufage. Au lieu que dans la Sculpture les chofes d'ufage doivent fe tourner en agrémens.

L'Eloquence eft foumife aux mêmes loix. Elle eft toujours, dans fes plus grandes libertés, attachée à l'utile & au vrai; & fi quelquefois le vraifemblable ou l'agrément deviennent fon objet; ce n'eft que par rapport au vrai même, qui n'a jamais tant de crédit que quand il plaît, & qu'il eft vraifemblable.

L'Orateur ni l'Hiftorien n'ont rien à créer, il ne leur faut de génie que

pour trouver les faces réelles qui
font dans leur objet : ils n'ont rien à
y ajouter, rien à en retrancher : à peine ofent-ils quelquefois tranfpofer :
Tandis que le Poëte fe forge à lui-
même fes modéles, fans s'embaraffer
de la réalité.

De forte que fi on vouloit définir la Poëfie par oppofition à la
Profe ou à l'Eloquence, que je prens
ici pour la même chofe ; on diroit
toujours que la Poëfie eft une imitation de la belle Nature exprimée
par le difcours mefuré : & la Profe
ou l'Eloquence, la Nature elle-même exprimée par le difcours libre.
L'Orateur doit dire le vrai d'une maniere qui le faffe croire, avec la force
& la fimplicité qui perfuadent. Le
Poëte doit dire le vrai-femblable
d'une manière qui le rende agréable,
avec toute la grace & toute l'éner-
gie qui charment & qui étonnent.
Cependant comme le plaifir prépare

le

le cœur à la perſuaſion, & que l'u-
tilité réelle flatte toujours l'homme,
qui n'oublie jamais ſon intérêt ; il
s'enſuit, que l'agréable & l'utile doivent ſe réunir dans la Poëſie & dans
la Proſe : mais en s'y plaçant dans
un ordre conforme à l'objet qu'on
ſe propoſe dans ces deux genres d'é-
crire.

Si on objectoit qu'il y a des Écrits
en proſe qui ne ſont l'expreſſion que
du vraiſemblable ; & d'autres en vers
qui ne ſont que l'expreſſion du vrai :
on répondroit que la Proſe & la Poëſie étant deux langages voiſins, &
dont le fond eſt preſque le même,
elles ſe prêtent mutuellement tantôt
la forme qui les diſtingue, tantôt
le fond même qui leur eſt propre :
de ſorte que tout paroît traveſti.

Il y a des fictions poëtiques qui
ſe montrent avec l'habit ſimple de
la proſe : tels ſont les Romans &
tout ce qui eſt dans leur genre. Il

D

y a de même des matières vraies,
qui paroissent revêtues & parées de
tous les charmes de l'harmonie poëtique : tels sont les Poëmes didacti-
ques (*a*) & historiques. Mais ces fictions en prose & ces histoires en vers,
ne sont ni pure Prose ni Poësie pure :
C'est un mélange des deux natures,
auquel la définition ne doit point
avoir égard : ce sont des caprices
faits pour être hors de la régle, &
dont l'exception est absolument sans
conséquence pour les principes.

(*a*) On entend par poëme didactique, celui qui ne contient qu'une suite de préceptes exposés ouvertement & sans nulle fiction : tels sont les *Ouvrages & les Jours* d'Hésiode, *les Georgiques* de Virgile, *les Arts poëtiques* d'Horace, de Vida, de Boileau. Ces Poëmes n'ont le plus souvent que le style de la Poësie, & quand ils ont la fiction, ils deviennent, dans ces endroits, de vrais Poëmes dans la rigueur du terme.

C. Eisen invenit.   De Lafosse Sculprit

LES BEAUX ARTS

REDUITS

A UN PRINCIPE.

SECONDE PARTIE.

OU ON E'TABLIT LE PRINCIPE DE
L'IMITATION PAR LA NATURE ET
PAR LES LOIX DU GOUT.

S I tout est lié dans la Nature, parce que tout y est dans l'ordre : tout doit l'être de même dans

D ij

les Arts, parce qu'ils sont imitateurs de la Nature. Il doit y avoir un point d'union, où se rappellent les parties les plus éloignées : de sorte qu'une seule partie, une fois bien connue, doit nous faire au moins entrevoir les autres.

Le Génie & le Goût ont le même objet dans les Arts. L'un le crée, l'autre en juge. Ainsi, s'il est vrai que le Génie produit les ouvrages de l'Art par l'imitation de la belle Nature, comme on vient de le prouver ; le Goût qui juge des productions du Génie, ne doit être satisfait que quand la belle Nature est bien imitée. On sent la justesse & la vérité de cette conséquence : mais il s'agit de la développer & de la mettre dans un plus grand jour. C'est ce qu'on se propose dans cette Partie, où on verra ce que c'est que le Goût : quelles loix il peut prescrire aux Arts : & que ces loix se bornent toutes à l'imitation, telle que nous venons de la caractériser dans la premiere Partie.

CHAPITRE I.

Ce que c'est que le Goût.

IL est un bon Goût. Cette proposition n'est point un problème : & ceux qui en doutent, ne sont point capables d'atteindre aux preuves qu'ils demandent.

Mais quel est-il, ce bon Goût? Est-il possible qu'ayant une infinité de régles dans les Arts, & d'exemples dans les ouvrages des Anciens & des Modernes, nous ne puissions nous en former une idée claire & précise? Ne seroit-ce point la multiplicité de ces exemples mêmes, ou le trop grand nombre de ces régles qui offusqueroit notre esprit, & qui, en lui

D iij

montrant des variations infinies, à cauſe de la d ſférence des ſujets traités, l'empêcheroit de ſe fixer à quelque choſe de certain, dont on pût tirer une juſte définition.

Il eſt un bon Goût, qui eſt ſeul bon. En quoi conſiſte-t'il ? De quoi dépend-t'il ? Eſt-ce de l'objet, ou du génie qui s'éxerce ſur cet objet ? A-t'il des régles, n'en a-t'il point ? Eſt-ce l'eſprit ſeul qui eſt ſon organe, ou le cœur ſeul, ou tous deux enſemble ? Que de queſtions ſous ce titre ſi connu, tant de fois traité, & jamais aſſez clairement expliqué.

On diroit que les Anciens n'ont fait aucun effort pour le trouver : & que les Modernes au contraire ne le ſaiſiſſent que par haſard. Ils ont peine à ſuivre la route, qui paroît trop étroite pour eux. Rarement ils s'échappent ſans payer quelque tribut à l'une des deux extrémités. Il y a de l'affectation dans celui qui écrit

avec foin ; & de la négligence, dans
celui qui veut écrire avec facilité.
Au lieu que dans les Anciens qui
nous reftent, il femble que c'eft un
heureux Génie qui les méne comme
par la main : ils marchent fans crainte & fans inquiétude , comme s'ils
ne pouvoient aller autrement. Quelle
en eft la raifon ? Ne feroit - ce pas
que les Anciens n'avoient d'autres
modéles que la Nature elle-même ,
& d'autre guide que le Goût : & que
les Modernes fe propofant pour modéles les ouvrages des premiers imitateurs, & craignant de bleffer les regles que l'Art a établies, leurs copies
ont dégénéré & retenu un certain air
de contrainte, qui trahit l'Art, & met
tout l'avantage du côté de la Nature.

C'eft donc au Goût feul qu'il appartient de faire des chefs-d'œuvres,
& de donner aux ouvrages de l'Art,
cet air de liberté & d'aifance qui en
fait toujours le plus grand mérite.

D iv

Nous avons affez parlé de la Nature & des exemples qu'elle fournit au Génie. Il nous refte à examiner le Goût & fes loix. Tâchons d'abord de le connoître lui-même, cherchons fon principe : enfuite nous confidérerons les régles qu'il prefcrit aux beaux Arts.

Le Goût eft dans les Arts ce que l'Intelligence eft dans les Sciences. Leurs objets font différens à la vérité; mais leurs fonctions ont entre elles une fi grande analogie, que l'une peut fervir à expliquer l'autre.

Le vrai eft l'objet des Sciences. Celui des Arts eft le bon & le beau. Deux termes qui rentrent prefque dans la même fignification, quand on les examine de près.

L'intelligence confidere ce que les objets font en eux-mêmes, felon leur effence, fans aucun rapport avec nous. Le Goût au contraire ne s'occupe de ces mêmes objets que par rapport à nous.

Il y a des perſonnes, dont l'eſprit eſt faux, parce qu'elles croyent voir la vérité où elle n'eſt point réellement. Il y en a auſſi qui ont le goût faux, parce qu'elles croyent ſentir le bon ou le mauvais où ils ne ſont point en effet.

Une intelligence eſt donc parfaite, quand elle voit ſans nuage, & qu'elle diſtingue ſans erreur le vrai d'avec le faux, la probabilité d'avec l'évidence. De même le Goût eſt parfait auſſi, quand, par une impreſſion diſtincte, il ſent le bon & le mauvais, l'excellent & le médiocre, ſans jamais les confondre, ni les prendre l'un pour l'autre.

Je puis donc définir l'Intelligence : la facilité de connoître le vrai & le faux, & de les diſtinguer l'un de l'autre. Et le Goût : la facilité de ſentir le bon, le mauvais, le médiocre, & de les diſtinguer avec certitude.

Ainsi, vrai & bon, connoissance & goût, voilà tous nos objets & toutes nos opérations. Voilà les Sciences & les Arts.

Je laisse à la Métaphysique profonde à débrouiller tous les ressorts secrets de notre ame, & à creuser les principes de ses opérations. Je n'ai pas besoin d'entrer dans ces discussions spéculatives, où l'on est aussi obscur que sublime. Je parts d'un principe que personne ne conteste. Notre ame connoît, & ce qu'elle connoît produit en elle un sentiment. La connoissance est une lumiere répandue dans notre ame : le sentiment est un mouvement qui l'agite. L'une éclaire : l'autre échauffe. L'une nous fait voir l'objet : l'autre nous y porte, ou nous en détourne.

Le Goût est donc un sentiment. Et comme, dans la matière dont il s'agit ici, ce sentiment a pour objet les Ouvrages de l'Art; & que les

Arts, comme nous l'avons prouvé, ne font que des imitations de la belle Nature ; le Goût doit être un fentiment qui nous avertit fi la belle Nature eſt bien ou mal imitée. Ceci fe développera de plus en plus dans la fuite.

Quoique ce fentiment paroiſſe partir bruſquement & en aveugle ; il eſt cependant toujours précédé au moins d'un éclair de lumiere, à la faveur duquel nous découvrons les qualités de l'objet. Il faut que la corde ait été frappée, avant que de rendre le fon. Mais cette opération eſt fi rapide, que fouvent on ne s'en apperçoit point : & que la raiſon, quand elle revient fur le fentiment, a beaucoup de peine à en reconnoître la cauſe. C'eſt pour cela peut-être que la fupériorité des Anciens fur les Modernes eſt fi difficile à décider. C'eſt le Goût qui en doit juger : & à fon tribunal, on fent plus qu'on ne prouve.

CHAPITRE II.

L'objet du Goût ne peut être que la Nature.

PREUVES DE RAISONNEMENT.

NOTRE ame est faite pour connoître le vrai, & pour aimer le bon. Et comme il y a une proportion naturelle entre elle & ces objets, elle ne peut se refuser à leur impression. Elle s'éveille aussi-tôt, & se met en mouvement. Une proposition Géométrique bien comprise emporte nécessairement notre aveu. Et de même dans ce qui concerne le Goût, c'est notre cœur qui nous méne presque sans nous : & rien n'est si aisé que d'aimer ce qui est fait pour l'être.

Ce penchant si fort & si marqué, prouve bien que ce n'est ni le capri-

ce ni le hafard qui nous guident dans
nos connoiffances & dans nos goûts.
Tout eft réglé par des loix immua-
bles. Chaque faculté de notre ame
a un but légitime, où elle doit fe
porter pour être dans l'ordre.

Le Goût qui s'éxerce fur les Arts
n'eft point un Gout factice. C'eft
une partie de nous-même qui eft née
avec nous, & dont l'office eft de
nous porter à ce qui eft bon. La
connoiffance le précede : c'eft le
flambeau. Mais que nous ferviroit-il
de connoître, s'il nous étoit indifférent de jouir? La Nature étoit trop
fage pour féparer ces deux parties :
& en nous donnant la faculté de
connoître, elle ne pouvoit nous re-
fufer celle de fentir le rapport de
l'objet connu avec notre utilité, &
d'y être attiré par ce fentiment. C'eft
ce fentiment qu'on appelle le Goût
naturel, parce que c'eft la Nature
qui nous l'a donné. Mais pourquoi

nous l'a-t'elle donné? Etoit-ce pour juger des Arts qu'elle n'a point faits? Non : c'étoit pour juger des choses naturelles par rapport à nos plaisirs ou à nos besoins.

L'Industrie humaine ayant ensuite inventé les beaux Arts sur le modéle de la Nature, & ces Arts ayant eu pour objet l'agrément & le plaisir, qui sont, dans la vie, un second ordre de besoins; la ressemblance des Arts avec la Nature, la conformité de leur but, sembloient exiger que le Goût naturel fût aussi le Juge des Arts : c'est ce qui arriva. Il fut reconnu, sans nulle contradiction : les Arts devinrent pour lui de nouveaux Sujets, si j'ose parler ainsi, qui se rangerent paisiblement sous sa Jurisdiction, sans l'obliger de faire pour eux le moindre changement à ses loix. Le Goût resta le même constamment : & il ne promit aux Arts son approbation, que quand ils lui

feroient éprouver la même impreffion que la Nature elle-même ; &
les chefs-d'œuvres des Arts ne l'ob-
tinrent jamais qu'à ce prix.

Il y a plus : comme l'imagination
des hommes fait créer des Etres, à
fa maniere (ainfi que nous l'avons
dit) & que ces Etres peuvent être
beaucoup plus parfaits que ceux de
la fimple Nature ; il eft arrivé que le
Goût s'eft établi avec une forte de
prédilection dans les Arts, pour y
régner avec plus d'empire & plus
d'éclat. En les élevant & en les per-
fectionnant, il s'eft élevé & perfec-
tionné lui-même : & fans ceffer d'être
naturel, il s'eft trouvé beaucoup
plus fin, plus délicat, & plus parfait
dans les Arts, qu'il ne l'étoit dans la
Nature même.

Mais cette perfection n'a rien
changé dans fon effence. Il eft toujours tel qu'il étoit auparavant : indépendant du caprice. Son objet eft

eſſentiellement le bon. Que ce ſoît
l'Art qui le lui préſente, ou la Nature, il ne lui importe, pourvu qu'il
jouiſſe. C'eſt ſa fonction. S'il prend
quelquefois le faux bien pour le vrai,
c'eſt l'ignorance qui le détourne ou
le préjugé : c'étoit à la raiſon à les
écarter, & à lui préparer les voies.

Si les hommes étòient aſſez at-
tentifs pour reconnoître de bonne
heure en eux-mêmes ce Goût naturel „ & qu'ils travaillaſſent enſuite à
l'étendre, à le développer, à l'aigui-
ſer par des obſervations, des com-
paraiſons, des refléxions, &c. ils auroient une régle invariable & infaillible pour juger des Arts. Mais comme la plupart n'y penſent que quand
ils ſont remplis de préjugés ; ils ne
peuvent démêler la voix de la Nature dans une ſi grande confuſion.
Ils prennent le faux Goût pour le
vrai : ils lui en donnent le nom : il
en exerce impunément toutes les
fonctions.

fonctions. Cependant la Nature eft
fi forte, que fi, par hafard, quelqu'un
d'un goût épuré s'oppofe à l'erreur,
il fait bien fouvent rentrer le goût
naturel dans fes droits.

On le voit de tems en tems : le
peuple même écoute la réclamation
d'un petit nombre , & revient de fa
prévention. Eft-ce l'autorité des
hommes, ou plutôt n'eft-ce point
la voix de la Nature qui opére ces
changemens ? Tous les hommes font
prefque à l'uniffon du côté du cœur.
Ceux qui les ont peints de ce côté,
n'ont fait que fe peindre eux-mêmes.
On leur a applaudi, parce que chacun s'y eft reconnu. Qu'un homme,
qui ait le goût exquis, foit attentif
à l'impreffion que fait fur lui l'Ouvrage de l'Art, qu'il fente diftinctement, & qu'en conféquence il prononce : il n'eft gueres poffible que
les autres hommes ne foufcrivent à
fon jugement. Ils éprouvent le mê-

E

me fentiment que lui, fi ce n'eft au
même dégré, du moins fera-t'il de
la même efpece : & quels que foient
le préjugé & le mauvais goût, ils fe
foumettent, & rendent fécrétement
hommage à la nature.

CHAPITRE III.

Preuves tirées de l'Hiftoire même du Goût.

LE goût des Arts a eu fes commencemens, fes progrès, fes révolutions dans l'univers ; & fon Hiftoire d'un bout à l'autre, nous montre ce qu'il eft, & de quoi il dépend.

Il y eut un tems, où les hommes,
occupés du feul foin de foutenir ou
de défendre leur vie, n'étoient que
Laboureurs ou Soldats : fans loix,
fans paix, fans mœurs, leurs focié-
tés n'étoient que des conjurations,

Ce ne fût point dans ces tems de trouble & de ténébres qu'on vit éclore les beaux Arts. On fent bien par leur caractere, qu'ils font les en-fans de l'Abondance & de la Paix.

Quand on fut las de s'entrenuire ; & , qu'ayant appris par une funeste expérience , qu'il n'y avoit que la vertu & la justice qui puffent rendre heureux le genre humain , on eut commencé à jouir de la protection des loix ; le premier mouvement du cœur fut pour la joie. On se livra aux plaisirs qui vont à la suite de l'innocence. Le Chant & la Danse fu-rent les premieres expreffions du fen-timent : & enfuite le loifir , le be-foin, l'occafion , le hafard , donne-rent l'idée des autres Arts ; & en ou-vrirent le chemin.

Lorfque les hommes furent un peu dégroffis par la société, & qu'ils eurent commencé à fentir qu'ils va-loient mieux par l'efprit que par le

corps ; il fe trouva fans doute quelque homme merveilleux, qui, infpiré par un Génie extraordinaire, jetta
les yeux fur la Nature. Il admira cet
ordre magnifique joint à une variété infinie , ces rapports fi juftes
des moyens avec la fin, des parties
avec le tout, des caufes avec les effets. Il fentit que la Nature étoit fimple dans fes voies, mais fans mono-
tonie ; riche dans fes parures , mais
fans affectation ; réguliere dans fes
plans, féconde en refforts, mais fans
s'embarraffer elle-même dans fes ap-
prêts & dans fes régles. Il le fentit
peut-être fans en avoir une idée bien
claire ; mais ce fentiment fuffifoit
pour le guider jufqu'à un certain
point, & le préparer à d'autres connoiffances.

Après avoir contemplé la Nature,
il fe confidéra lui-même. Il reconnut qu'il avoit un goût-né pour les
rapports qu'il avoit obfervés ; qu'il

en étoit touché agréablement. Il comprit que l'ordre, la variété, la proportion tracées avec tant d'éclat dans les Ouvrages de la Nature, ne devoient point feulement nous élever à la connoiſſance d'une Intelligence fuprême ; mais qu'elles pouvoient encore être regardées comme des leçons de conduite, & tournées au profit de la fociété humaine.

Ce fut alors, à proprement parler, que les Arts fortirent de la Nature. Jufques-là, tous leurs élémens y avoient été confondus & difperſés comme dans une forte de cahos. On ne les avoit gueres connus que par foupçon, ou même par une forte d'inſtinct. On commença alors à en démêler quelques principes. On fit quelques tentatives qui aboutirent à des ébauches. C'étoit beaucoup ; il n'étoit pas aifé de trouver ce dont on n'avoit pas une idée certaine,

E iij

même en le cherchant. Qui auroit
cru que l'ombre d'un corps, envi-
ronné d'un simple trait, pût deve-
nir un tableau d'Apelle, que quelques accens inarticulés puffent donner naiffance à la Mufique telle que
nous la connoiffons aujourd'hui ?
Le trajet eft immenfe. Combien nos
Peres ne firent-ils point de courfes
inutiles, ou même oppofées à leur
terme? Combien d'efforts malheureux, de recherches vaines, d'épreu-
ves fans fuccès ? Nous jouiffons de
leurs travaux; & pour toute recon-
noiffance, ils ont nos mépris.

Les Arts en naiffant étoient comme font les hommes. Ils avoient befoin d'être formés de nouveau par
une forte d'éducation. Ils fortoient
de la barbarie : c'étoit une imitation, il eft vrai, mais une imitation
groffiere, & de la Nature groffiere
elle-même. Tout l'Art confiftoit à
peindre ce qu'on voyoit, & ce qu'on

fentoit. On ne favoit pas choifir.
La confufion régnoit dans le deffein, la difproportion ou l'unifor-
mité dans les parties, l'excès, la
bizarrerie, la groffiereté dans les ornemens. C'étoit des matériaux plû-
tôt qu'un édifice. Cependant on imitoit.

Les Grecs doués d'un génie heureux faifirent enfin avec netteté les
traits effentiels & capitaux de la belle
Nature ; & comprirent clairement
qu'il ne fuffifoit pas d'imiter les chofes, qu'il falloit encore les choifir.
Jufqu'à eux les Ouvrages de l'Art
n'avoient gueres été remarquables,
que par l'énormité de la maffe ou de
l'entreprife. C'étoient les Ouvrages
des Titans. Mais les Grecs plus éclai-
rés fentirent qu'il étoit plus beau de
charmer l'efprit, que d'étonner ou
d'éblouir les yeux. Ils jugerent que
l'unité, la variété, la proportion,
devoient être le fondement de tous

les Arts ; & fur ce fonds fi beau ,
fi jufte , fi conforme aux loix du
Goût & du Sentiment , on vit chez
eux la toile prendre le relief & les
couléurs de la Nature , le bronze
& le marbre s'animer fous le cifeau.
La Mufique , la Poëfie, l'Eloquence,
l'Architecture , enfanterent auffitôt
des miracles. Et comme l'idée de
la perfection, commune à tous les
Arts , fe fixa dans ce beau fiécle ;
on eut prefque à la fois dans tous
les genres des chef-d'œuvres qui
depuis fervirent de modéles à toutes
les Nations polies. Ce fut le premier
triomphe des Arts.

Rome devint difciple d'Athenes.
Elle connut toutes les merveilles de
la Grece. Elle les imita : & fe fit bientôt autant eftimer par fes ouvrages
de Goût, qu'elle s'étoit fait craindre
par fes armes. Tous les Peuples lui
applaudirent:& cette approbation fit
voir que les Grecs qui avoient été

imités par les Romains étoient d'excellens modéles, & que leurs régles
n'étoient prifes que dans la Nature.

Il arriva des révolutions dans l'U-
nivers. L'Europe fut inondée de
Barbares, les Arts & les Sciences
furent enveloppés dans le malheur
des tems. Il n'en refta qu'un foible
crepufcule, qui néanmoins jettoit de
tems en tems affez de feu, pour faire
comprendre qu'il ne lui manquoit
qu'une occafion pour fe rallumer.
Elle fe préfenta. Les Arts exilés de
Conftantinople vinrent fe réfugier
en Italie : on y réveilla les manes
d'Horace, de Virgile, de Ciceron.
On alla fouiller jufques dans les tombeaux qui avoient fervi d'azile à la
Sculpture & à la Peinture. Bientôt,
on vit reparoître l'Antiquité avec
toutes les graces de la jeuncfie : elle
faifit tous les cœurs. On reconnoif-
foit la Nature. On feuilleta donc les
Anciens : on y trouva des régles

établies, des principes expofés, des exemples tracés. L'Antique fut pour nous, ce que la Nature avoit été pour les Anciens. On vit les Artiftes Italiens & François, qui n'avoient point laiffé que de travailler, quoique dans les ténébres, on les vit réformer leurs ouvrages fur ces grands modéles. Ils retranchent le fuperflu, ils rempliffent les vuides, ils tranfpofent, ils deffinent, ils pofent les couleurs, ils peignent avec intelligence. Le Goût fe rétablit peu à peu : on découvre chaque jour de nouveaux dégrés de perfection (car il étoit aifé d'être nouveau fans ceffer d'être naturel). Bientôt l'admiration publique multiplia les talens : l'émulation les anima : les beaux Ouvrages s'annoncerent de toutes parts en France & en Italie. Enfin le Goût eft arrivé au point où ces Nations pouvoient le porter. Sera-ce une fatalité de defcendre, & de fe

rapprocher du point d'où l'on eſt
parti?

Si cela eſt, on prendra une autre route : les Arts ſe ſont formés &
perfectionnés en s'approchant de la
Nature ; ils vont ſe corrompre & ſe
perdre en voulant laſurpaſſer. Les ouvrages ayant eu pendant un certain
tems le même dégré d'aſſaiſonnement
& de perfection, & le goût des meil-
leures choſes s'émouſſant par l'habitude, on a recours à un nouvel
Art pour le réveiller. On charge la
Nature : on l'ajuſte : on la pare au
gré d'une fauſſe délicateſſe : on y
met de l'entortillé, du myſtère, de
la pointe : en un mot de l'affectation, qui eſt l'extrême oppoſé à la
groſſiereté : mais extrême, dont il eſt
plus difficile de revenir que de la
groſſiereté même. Et c'eſt ainſi que
le Goût & les beaux Arts périſſent
en s'éloignant de la Nature.

Ce fut toujours par ceux qu'on

appelle beaux efprits que la déca-
dence commença. Ils furent plus
funeftes aux Arts que les Goths, qui
ne firent qu'achever ce qui avoit été
commencé par les Plines & les Se-
neques, & tous ceux qui voulurent
les imiter. Les François font arrivés
au plus haut point : auront-ils des
préfervatifs affez puiffants pour les
empêcher de defcendre ? L'exemple
du bel-efprit eft brillant, & conta-
gieux d'autant plus, qu'il eft peut-
être moins difficile à fuivre.

CHAPITRE IV.

Les loix du Goût n'ont pour objet
que l'Imitation de la belle
Nature.

LE Goût eft donc comme le Génie, une faculté naturelle qui ne peut
avoir pour objet légitime que la Na-

ture elle-même, ou ce qui lui reſſem-
ble. Tranſportons-le maintenant au
milieu des Arts, & voyons quelles
ſont les loix qu'il peut leur dicter.

I. LOI GENERALE DU GOÛT.

Imiter la belle Nature.

Le Goût eſt la voix de l'amour
propre. Fait uniquement pour jouir,
il eſt avide de tout ce qui peut lui
procurer quelque ſentiment agréable. Or comme il n'y a rien qui nous
flatte plus que ce qui nous approu-
che de notre perfection, ou qui peut
nous la faire eſpérer; il s'enſuit, que
notre Goût n'eſt jamais plus ſatisfait que quand on nous préſente des
objets, dans un dégré de perfection,
qui ajoute à nos idées, & ſemble nous
promettre des impreſſions d'un caractère ou d'un dégré nouveau, qui
tirent notre cœur de cette eſpèce
d'engourdiſſement où le laiſſent les

objets auxquels il eſt accoutumé.

C'eſt pour cette raiſon que les beaux Arts ont tant de charmes pour nous. Quelle différence entre l'émotion que produit une hiſtoire ordinaire qui ne nous offre que des exemples imparfaits ou communs; & cette extaſe que nous cauſe la Poëſie, lorſqu'elle nous enleve dans ces régions enchantées, où nous trouvons réaliſés en quelque ſorte les plus beaux fantômes de l'imagination ! L'Hiſtoire nous fait languir dans une eſpece d'eſclavage: & dans la Poëſie, notre ame jouit avec complaiſance de ſon élévation & de ſa liberté. (a)

(a) Res geſta & eventus qui vera hiſtoria ſubjiciuntur, non ſunt ejus amplitudinis in quâ anima humana ſibi ſatisfaciat ; praſtò eſt Poëſis qua facta magis heroïca confingat..... Cum hiſtoria vera, obviâ rerum ſatietate & ſimilitudine anima humana faſtidio ſit, reficit eam poëſis, inexpectata & varia & viciſſitudinum plena canens. Bacon. Organi. lib. 4.

De ce principe il fuit non-feule-ment que c'eft la belle Nature que le Goût demande ; mais encore que la belle Nature eft, felon le Goût, celle, qui a 1°. le plus de rapport avec notre propre perfection, notre avantage , notre intérêt. 2°. Celle qui eft en même-tems la plus par-faite en foi. Je fuis cet ordre , parce que c'eft le Goût qui nous méne dans cette matiere : *Id generatim pulcrum eft , quod tum ipfius naturæ, tum nof-tra convenit.*

Suppofons que les régles n'exi-ftent point : & qu'un Artifte philo-fophe foit chargé de les reconnoître & de les établir pour la premiere fois. Le point d'où il part eft une idée nette & précife de ce dont il veut donner des régles. Suppofons encore que cette idée fe trouve dans la définition des Arts , telle que nous

(a) *Auctor Differt.* | *tudine.* Delect. epigr.
de verâ & falfâ pulcri- |

l'avons donnée : *Les Arts font l'imitation de la belle Nature.* Il fe demandera enfuite , quelle eft la fin de cette imitation ? Il fentira aifé-ment que c'eft de plaire , de remuer, de toucher ; en un mot le plaifir. Il fait d'où il part : il fait où il va : il lui eft aifé de régler fa marche.

Avant que de pofer fes loix ; il fera long-tems obfervateur. D'un côté il confidérera tout ce qui eft dans la Nature phyfique & morale : les mouvemens du corps & ceux de l'ame, leurs efpéces , leurs dégrés , leurs variations , felon les âges, les conditions , les fituations. De l'au-tre côté , il fera attentif à l'impref-fion des objets fur lui-même. Il ob-fervera ce qui lui fait plaifir ou peine, ce qui lui en fait plus ou moins , & comment , & pourquoi cette im-preflion agréable ou défagréable eft arrivée jufqu'à lui.

Il voit dans la Nature, des êtres animés,

animés, & d'autres qui ne le font pas. Dans les êtres animés, il en voit qui raifonnent, & d'autres qui ne raifonnent pas. Dans ceux qui raifonnent, il voit certaines opérations qui fuppofent plus de capacité, plus d'étendue, qui annoncent plus d'ordre & de conduite.

Au-dedans de lui-même il s'apperçoit 1°. Que plus les objets s'approchent de lui, plus il en eft touché : plus ils s'en éloignent, plus ils lui font indifférens. Il remarque que la chute d'un jeune arbre l'intéreffe plus que celle d'un rocher : la mort d'un animal qui lui paroiffoit tendre & fidéle, plus qu'un arbre déraciné : allant ainfi dé proche en proche, il trouve que l'intérêt croît à proportion de la proximité qu'ont les objets qu'il voit, avec l'état où il eft lui-même.

De cette premiere obfervation notre Légiflateur conclut, que la

F

premiere qualité que doivent avoir les
objets que nous préfentent les Arts,
c'eft, qu'ils foient intéreffans ; c'eft-
à-dire, qu'ils ayent un rapport intime avec nous. L'amour propre eft le
reffort de tous les plaifirs du cœur
humain. Ainfi il ne peut y avoir rien
de plus touchant pour nous , que
l'image des paffions & des actions
des hommes ; parce qu'elles font
comme des miroirs où nous voyons
les nôtres, avec des rapports de différence ou de conformité.

L'Obfervateur a remarqué en fecond lieu , que ce qui donne de l'é-
xercice & du mouvement à fon efprit & à fon cœur, qui étend la fphere de fes idées & de fes fentimens,
avoit pour lui un attrait particulier.
Il en a conclu que ce n'étoit point
affez pour les Arts que l'objet qu'ils
auroient choifi, fût intéreffant, mais
qu'il devoit encore avoir toute la
perfection, dont il eft fufceptible :

d'autant plus que cette perfection même renferme des qualités entierement conformes à la Nature de notre ame & à ſes beſoins.

Notre ame eſt un compoſé de force & de foibleſſe. Elle veut s'élever, s'agrandir ; mais elle veut le faire aiſément. Il faut l'exercer, mais ne pas l'exercer trop. C'eſt le double avantage qu'elle tire de la perfection des objets que les Arts lui préſentent.

Elle y trouve, d'abord la variété, qui ſuppoſe le nombre & la différence des parties, préſentées à la fois, avec des poſitions, des gradations, des contraſtes piquans. (Il ne s'agit point de prouver aux hommes les charmes de la variété) L'eſprit eſt remué par l'impreſſion des différentes parties qui le frappent toutes enſemble, & chacune en particulier, & qui multiplient ainſi ſes ſentimens & ſes idées.

F ij

Ce n'eſt point aſſez de les multiplier, il faut les élever & les étendre.
C'eſt pour cela que l'Art eſt obligé
de donner à chacune de ces parties
différentes, un dégré exquis de force
& d'élégance, qui les rende ſingulie-
res, & les faſſe paroître nouvelles.
Tout ce qui eſt commun, eſt ordinairement médiocre. Tout ce qui eſt
excellent, eſt rare, ſingulier & ſouvent nouveau. Ainſi, la variété &
l'excellence des parties ſont les deux
reſſorts qui agitent notre ame, & qui
lui cauſent le plaiſir qui accompagne
le mouvement & l'action. Quel état
plus délicieux que celui d'un homme qui reſſentiroit à la fois les impreſſions les plus vives de la Peinture, de la Muſique, de la Danſe,
de la Poëſie, réunies toutes pour le
charmer ! Pourquoi faut-il que ce
plaiſir ſoit ſi rarement d'accord avec
la vertu ?

Cette ſituation qui ſeroit délicieufe, parce qu'elle exerceroit à la fois tous nos fens & toutes les facultés de notre ame, deviendroit défagréable, fi elle les exerçoit trop. Il faut ménager notre foibleffe. La multitude des parties nous fatigueroit, fi elles n'étoient point liées entr'elles par la régularité, qui les difpofe tellement, qu'elles fe réduifent toutes à un centre çommun qui les unit. Rien n'eft moins libre que l'Art, dès qu'il a fait le premier pas. Un Peintre qui a choifi la couleur & l'attitude d'une tête, fi ç'eft un Raphaël ou un Rubens, voit en même-tems les couleurs & les plis de la draperie qu'il doit jetter fur le refte du corps. Le premier connoiffeur qui vit le fameux Torfe (*a*) de Rome reconnut, Hercule filant. Dans la Mufique le premier ton fait la loi, & quoiqu'on

_____

(*a*) *Torfe*, terme de fculpture qui fe dit d'une figure tronquée qui n'a qu'un corps fans tête ou fans bras, ou fans jambes.

F iij

paroiſſe s'en écarter quelquefois ;
ceux qui ont le jugement de l'oreille
ſentent aiſément qu'on y tient toujours comme par un fil ſecret. Ce
ſont des écarts pindariques (*a*) qui
deviendroient un délire, ſi on perdoit
de vue le point d'où l'on eſt parti,
& le but où on doit arriver.

L'unité & la variété produiſent la
ſymmétrie & la proportion : deux
qualités qui ſuppoſent la diſtinction
& la différence des parties, & en même-tems un certain rapport de conformité entr'elles. La ſymmétrie partage, pour ainſi dire, l'objet en deux,

(*a*) Un écart eſt,
lorſqu'on paſſe bruſ-
quement d'un objet à
un autre qui en pa-
roît entiérement ſé-
paré. Ces deux ob-
jets ſe ſont trouvés liés
dans l'eſprit par des
idées qu'on pourroit
appeller *médiantes*.
Mais comme ces idées
ont paru peu impor-
tantes, & d'ailleurs
aſſez faciles à ſuppléer,
le Poëte ne les a point
exprimées, & a ſaiſi
ſans préparation l'ob-
jet qu'elles ont amené:
ce qui fait paroître
une ſorte de vuide
qu'on appelle Ecart.

place au milieu les parties uniques,
& à côté celles qui font répétées:
ce qui forme une forte de balance
& d'équilibre qui donne de l'ordre,
de la liberté, de la grace à l'objet.
La Proportion va plus loin, elle entre dans le détail des parties qu'elle
compare entr'elles & avec le tout,
& préfente fous un même point de
vue l'unité, la variété, & le concert
agréable de ces deux qualités entr'elles. Telle eft l'étendue de la loi
du Goût par rapport au choix & à
l'arrangement des parties des objets.

D'où il faut conclure, que la belle Nature, telle qu'elle doit être pré-
fentée dans les Arts, renfermé toutes
les qualités du beau & du bon. Elle
doit nous flatter du côté de l'efprit,
en nous offrant des objets parfaits
en eux-mêmes, qui étendent & per-
fectionnent nos idées; c'eft le beau.
Elle doit flatter notre cœur en nous
montrant dans ces mêmes objets des

intérêts qui nous foient chers, qui tiennent à la confervation ou à la perfection de notre être, qui nous faffent fentir agréablement notre propre exiftence : & c'eft le bon, qui, fe réuniffant avec le beau dans un même objet préfenté, lui donne toutes les qualités dont il a befoin pour exercer & perfectionner à la fois notre cœur & notre efprit.

CHAPITRE V.

II. LOI GENERALE DU GOUT.

Que la belle Nature foit bien imitée.

CETTE Loi a le même fondement que la premiere. Les Arts imitent la belle Nature pour nous charmer, en nous élevant à une fphere plus parfaite que celle où nous fom-

mes : mais fi cette imitation eft im-
parfaite, le plaifir des Arts eft néceffairement mêlé de déplaifir. On veut
nous montrer l'excellent, le parfait,
mais on le manque & on nous laiffe
des regrets. J'allois jouir d'un beau
fonge, un trait mal rendu m'éveille
& me ravit mon bonheur.

L'imitation, pour être auffi parfaite
qu'elle peut l'être, doit avoir deux
qualités : l'exactitude & la liberté.
L'une régle l'imitation, & l'autre l'a-
nime.

Nous fuppofons en vertu de la
premiere Loi, que les modéles font
bien choifis, bien compofés, & net-
tement tracés dans l'efprit. Quand
une fois l'Artifte eft arrivé à ce point,
l'exactitude du pinceau n'eft plus
qu'une efpèce de méchanifme. Les
objets ne fe conçoivent même bien,
que quand ils font revêtus des couleurs avec lefquelles ils doivent paroître au dehors :

Ce que l'on conçoit bien s'énonce clairement,
Et les mots, pour le dire, arrivent aisément.

Ainsi tout est presque fini pour l'é-
xactitude, quand le tableau ideal est
parfaitement formé. Mais il n'en est
pas de même de la liberté, qui est
d'autant plûs difficile à atteindre,
qu'elle paroît opposée à l'exactitude.
Souvent l'une n'excelle qu'aux dépens de l'autre. Il semble que la Nature se soit réservée à elle seule de les
concilier, pour faire par-là reconnoître sa supériorité. Elle paroît toujours naïve, ingénue. Elle marche
sans étude & sans réflexion, parce
qu'elle est libre. Au lieu que les Arts
liés à un modéle portent presque
toujours les marques de leur servitude.

Les Acteurs agissent rarement sur
la scéne comme ils agiroient dans la
réalité. Un Auguste de Théâtre est
tantôt embarassé de sa grandeur, tan-

tôt de ſes ſentimens. Et ſi dans la Comédie Criſpin eſt plus vrai ; c'eſt que ſon rôle fabuleux approche davantage de ſa condition réelle. Ainſi le grand principe pour imiter avec liberté dans les Arts , ſeroit de ſe perſuader qu'on eſt à Trezêne, qu'Hippolyte eſt mort , & qu'on eſt réellement Theramene. Alors l'action aura un autre feu & une autre liberté :

Paulum intereſſe cenſes ex animo omnia
Ut fert natura facias , an de induſtria.

C'eſt pour atteindre à cette liberté que les grands Peintres laiſſent quelquefois jouer leur pinceau ſur la toile : tantôt , c'eſt une ſymmétrie rompue ; tantôt, un déſordre affecté dans quelque petite partie ; ici, c'eſt un ornement négligé ; là , un défaut même , laiſſé à deſſein : c'eſt la loi de l'imitation qui le veut :

A ces petits défauts marqués dans la Peinture,
L'esprit avec plaisir reconnoît la Nature.

Avant de finir ce Chapitre, qui regarde la vérité de l'imitation, examinons d'où vient que les objets qui déplaisent dans la Nature sont si agréables dans les Arts : peut-être en trouverons-nous ici la raison.

Nous venons de dire que les Arts affectoient des négligences pour paroître plus naturels & plus vrais. Mais ce rafinement ne suffit pas encore, pour qu'ils nous trompent au point de nous les faire prendre pour la Nature elle-même. Quelque vrai que soit le tableau, le cadre seul le trahit : *in omni re procùl dubio vincit imitationem veritas.* Cette observation suffit pour résoudre le problême dont il s'agit.

Pour que les objets plaisent à notre esprit, il suffit qu'ils soient parfaits en eux-mêmes. Il les envisage ſans intérêt : & pourvu qu'il y trouve de la régularité, de la hardieſſe, de l'élégance, il eſt ſatisfait. Il n'en eſt pas de même du cœur. Il n'eſt touché des objets que ſelon le rapport qu'ils ont avec ſon avantage propre. C'eſt ce qui régle ſon amour ou ſa haine. De-là il s'enſuit, que l'eſprit doit être plus ſatisfait des ouvrages de l'Art, qui lui offre le beau ; qu'il ne l'eſt ordinairement de ceux de la Nature, qui a toujours quelque choſe d'imparfait : & que le cœur au contraire, doit s'intéreſſer moins aux objets artificiels qu'aux objets naturels, parce qu'il a moins d'avantage à en attendre. Il faut développer cette ſeconde conſéquence.

Nous avons dit que la vérité l'emportoit toujours ſur l'imitation. Par conſéquent, quelque ſoigneuſement que ſoit imitée la Nature, l'Art s'échappe toujours, & avertit le cœur, que ce qu'on lui préſente n'eſt qu'un fantôme , qu'une apparence ; & qu'ainfi il ne peut lui apporter rien de réel. C'eft ce qui revêt d'agrément dans les Arts les objets qui étoient défagréables dans la Nature. Dans la Nature ils nous faifoient craindre notre deftruction , ils nous caufoient une émotion accompagnée de la vue d'un danger réel : & comme l'é-motion nous plaît par elle-même , & que la réalité du danger nous dé-plaît , il s'agiffoit de féparer ces deux parties de la même impreffion. C'eft à quoi l'Art a réuffi : en nous pré-fentant l'objet qui nous effraye , & en fe laiffant voir en même-tems lui-même , pour nous raffurer & nous donner , par ce moyen , le plaifir de l'émotion , fans aucun mêlange des-agréable. Et s'il arrive par un heu-reux effort de l'Art , qu'il foit pris un moment pour la Nature elle-mê-me , qu'il peigne par exemple un Ser-pent , affez bien pour nous caufer

les allarmes d'un danger véritable ;
cette terreur est auſſitôt ſuivie d'un
retour gracieux, où l'ame jouit de
ſa délivrance comme d'un bonheur
réel. Ainſi l'imitation eſt toujours la
ſource de l'agrément. C'eſt elle qui
tempere l'émotion, dont l'excès ſeroit déſagréable. C'eſt elle qui dé-
dommage le cœur, quand il en a
ſouffert l'excès.

Ces effets de l'imitation ſi avan-
tageux pour les objets déſagréables,
ſe tournent entiérement contre les
objets agréables par la même raiſon.
L'impreſſion eſt affoiblie : l'Art qui
paroît à côté de l'objet agréable,
fait connoître qu'il eſt faux. S'il eſt
aſſez bien imité, pour paroître vrai,
& pour que le cœur en jouiſſe un
inſtant comme d'un bien réel ; le
retour, qui ſuit, rompt le charme &
rejette le cœur, plus triſte, dans ſon
premier état. Ainſi, toutes choſes
égales d'ailleurs, le cœur doit être

beaucoup moins content des objets
agréables dans les Arts, que des des-
fagréables. Auſſi voit-on que les Artiſtes réuſſiſſent beaucoup plus aiſément dans les uns que dans les autres. Dès qu'une fois les Acteurs ſont
arrivés à un bonheur conſtant, on
les abandonne. Et ſi on eſt touché
de leur joie dans quelques ſcénes qui
paſſent vîte, c'eſt parce qu'ils ſor-
tent d'un danger, ou qu'ils ſont prêts
d'y entrer. Il eſt vrai cependant qu'il
y a dans les Arts des images gracieu-
ſes qui nous charment ; mais elles
nous feroient incomparablement
plus de plaiſir, ſi elles étoient réa-
liſées : & au contraire, la peinture qui
nous remplit d'une terreur agréable,
nous feroit horreur dans la réalité.

Je ſais bien qu'une partie de l'a-
vantage des objets triſtes dans les
Arts, vient de la diſpoſition naturelle
des hommes, qui, étant nés foibles &
malheureux, ſont très-ſuſceptibles de
craintē

crainte & de tristesse ; mais je n'ai
point entrepris de montrer ici toutes
les raisons que peuvent avoir les Ar-
tistes, pour choisir ces sortes d'objets:
il me suffisoit de faire voir , que c'est
l'imitation qui met les Arts en état
de tirer avantage de cette disposition, qui est desavantageuse dans la
Nature.

CHAPITRE VI.

*Qu'il y a des regles particulieres
pour chaque Ouvrage , & que le
Goût ne les trouve que dans la
Nature.*

LE Goût est une connoissance des
Regles par le sentiment. Cette maniere de les connoître est beaucoup
plus fine & plus sure que celle de l'esprit : & même sans elle, toutes les lumieres de l'esprit sont presque inuti-

G

les à quiconque veut compofer. Vous
favez votre Art en Géometre. Vous
pouvez dire quelles en font les loix.
Vous pouvez même tracer un plan
en général : mais voici un terrain
avec quelques irrégularités , don-
nez-nous le plan qui lui convient
le plus , eu égard aux tems, aux perfonnes , &c. Votre fpéculation eft
déconcertée.

Je fais que l'exorde d'un difcours
doit être clair , modefte & intéreffant. Mais quand je viendrai à l'application de la régle ; qui me dira fi
mes penfées , mes expreffions , mes
tours rempliffent cette régle ? Qui
me dira, où je dois commencer une
image , où je dois la finir , la pla-
cer ? L'exemple des grands Maîtres ?
Le fujet eft neuf, ou s'il ne l'eft pas,
les circonftances le font.

Il y a plus : vous avez fait un excellent ouvrage : les Connoiffeurs
l'ont approuvé : l'efprit & le cœur

ont été également contents. Eſt-ce
aſſez ? Sera-ce un modéle pour un
autre ouvrage ? Non : la matiere eſt
changée. Là , Oedipe mouroit de
douleur : ici, Oreſte vangé revit par la
joie. Vous retiendrez ſeulement les
points fondamentaux , qui ſont, l'ordre & la ſymmétrie. Mais il vous faut
une autre diſpoſition, un autre ton ,
d'autres régles particulieres , qui
ſoient tirées du fonds même du ſujet. Le Génie peut les trouver , les
préſenter à l'Artiſte : mais qui les
choiſira, qui les ſaiſira ? Le Goût ,
& le Goût ſeul. C'eſt lui qui guidera
le Génie dans l'invention des parties, qui les diſpoſera, qui les unira,
qui les polira : c'eſt lui , en un mot,
qui ſera l'Ordonnateur , & preſque
l'Ouvrier.

Ces Régles particulieres vous ef-
frayent : où les trouver ? Vous êtes
Poëte , Peintre , Muſicien ; vous
avez un talent ſurnaturel : *Inge-*

nium ac mens divinior : vous favez interroger le grand Maître : les
idées que vous devez exécuter font
quelque part ; & fi vous voulez les
trouver :

Refpicere exemplar morum vitæque jubebo.

C'eft ce livre dans lequel il faut favoir lire : c'eft la Nature. Et fi vous
ne pouvez y lire par vous-même, je
pourrois vous dire : *Retirez-vous ,
le lieu eft facré.* Mais fi l'amour de
la gloire vous emporte ; lifez au
moins les Ouvrages de ceux qui ont
eu des yeux. Le fentiment feul vous
fera découvrir ce qui avoit échappé
aux recherches de votre efprit. Lifez les Anciens : imitez-les, fi vous
ne pouvez imiter la Nature.

Quoi ! toujours imiter , dites-
vous , toujours être efclave ? Créez
donc , faites comme Homere, Milton, Corneille : montez fur le Tré-
pied facré pour y prononcer des Ora-

cles. Le Dieu eſt ſourd, il n'écoute
point vos vœux? Réduiſez-vous
donc à être, comme nous, Admira-
teur de ceux que vous ne pouvez
atteindre; & ſouvenez-vous, qu'un
petit nombre ſuffit pour créer des
modéles au reſte du genre humain.

On connoît la nature du Goût
& ſes loix : elles ſont, comme on
vient de le voir, entiérement d'accord avec la nature & les fonctions
du Génie. Il ne s'agit plus que d'en
faire l'application détaillée aux différentes eſpeces d'Arts. Mais qu'on
me permette de m'arrêter ici auparavant, pour tirer des conſéquences
de ce que nous venons de dire ſur
le Goût : elles ne peuvent être étran-
geres à notre ſujet.

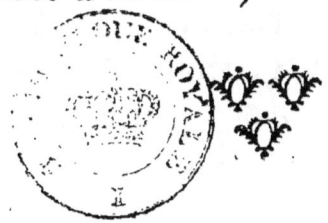

G iij

CHAPITRE VII.

I. CONSÉQUENCE.

Qu'il n'y a qu'un bon Goût en gé-
néral : & qu'il peut y en avoir
plusieurs en particulier.

LA premiere Partie de cette conséquence est prouvée par tout ce
qui précede. La Nature est le seul
objet du Goût : donc il n'y a qu'un
seul bon Goût, qui est celui de la
Nature. Les Arts mêmes ne peuvent
être parfaits qu'en représentant la
Nature : donc le Goût qui régne
dans les Arts mêmes, doit être encore celui de la Nature. Ainsi il ne
peut y avoir en général qu'un seul
bon Goût, qui est celui qui approuve la belle Nature : & tous ceux qui
ne l'approuvent point, ont nécessairement le Goût mauvais,

Cependant on voit des Goûts différens dans les hommes & dans les
Nations qui ont la réputation d'être
éclairées & polies. Serons-nous affez
hardis, pour préférer celui que nous
avons à celui des autres, & pour les
condamner? Ce feroit une témérité,
& même une injuftice ; parce que les
Goûts en particulier peuvent être
différens, ou même oppofés, fans
ceffer d'être bons en foi. La raifon
en eft, d'un côté, dans la richeffe de
la Nature : & de l'autre, dans les
bornes du cœur & de l'efprit humain.

La Nature eft infiniment riche en
objets, & chacun de ces objets peut
être confideré d'un nombre infini de
manieres.

Imaginons un modéle placé dans
une falle de deffeing. L'Artifte peut
le copier fous autant de faces, qu'il
y a de points de vue d'où il peut l'en-
vifager. Qu'on change l'attitude &
la pofition de ce modéle : voilà un

nouvel ordre de traits & de com-
binaisons qui s'offre au Dessinateur.
Et comme cette position du même
modéle peut se varier à l'infini, &
que ces variations peuvent encore se
multiplier par les points de vue qui
sont aussi infinis ; il s'ensuit que le
même objet peut être représenté
sous un nombre infini de faces toutes différentes, & cependant toutes
régulieres & entiérement conformes à la Nature & au bon Goût.

Ciceron a traité la conjuration de
Catilina en Orateur, & en Orateur-
Consul, avec toute la majesté &
toute la force de l'eloquence jointe
à l'autorité. Il prouve : il peint : il
éxagere : ses paroles sont des traits
de feu. Salluste est dans un autre
point de vue. C'est un Historien qui
considere l'événement sans passion :
son récit est une exposition simple,
qui n'inspire d'autre intérêt que celui des faits.

La Musique Françoise & l'Italienne ont chacune leur caractere. L'une n'est pas la bonne Musique : l'autre, la mauvaise. Ce sont deux sœurs, ou plutôt deux faces du même objet.

Allons plus loin encore : la Nature a une infinité de desseings que nous connoissons; mais elle en a aussi une infinité que nous ne connoissons pas. Nous ne risquons rien de lui attribuer tout ce que nous concevons comme possible selon les loix ordinaires. *Id est maximè naturale,* dit Quintilien, *quod fieri natura optimè patitur.* On peut former par l'esprit des Etres qui n'existent pas, & qui cependant soient naturels. On peut rapprocher ce qui est séparé, & séparer ce qui est uni dans la Nature. Elle se prête, à condition qu'on saura respecter ses loix fondamentales; & qu'on n'ira pas accoupler les serpens avec les oiseaux, ni les bre-

bis avec les tigres. Les monſtres
font effrayans dans la Nature, dans
les Arts ils font ridicules. Il fuffit donc
de peindre ce qui eft vraifemblable ;
on ne peut mener un Poëte plus
loin.

Que Théocrite ait peint la naïveté riante des Bergers : que Virgile y
ait ajouté feulement quelques dégrés d'élégance & de politeffe ; ce
n'étoit point une loi pour M. de
Fontenelle. Il lui a été permis d'aller plus loin, & de fe divertir par une
jolie mafcarade, en peignant la Cour
en bergerie. Il a fu joindre la délicateffe & l'efprit avec quelques guir-
landes champêtres, il a rempli fon
objet. Il n'y a à reprendre dans fon
Ouvrage que le titre, qui auroit dû
être différent de ceux de Théocrite
& de Virgile. Son idée eft fort belle :
fon plan eft ingénieux : rien n'eft fi
délicat que l'exécution : mais il lui
a donné un nom qui nous trompe.

Voilà la richeffe de la Nature, ce
me femble, affez établie.

Le même homme pouvoit-il faire
ufage à la fois de tous ces tréfors?
La multitude n'auroit fait que le
diftraire & l'empêcher de jouir. C'eft
pourquoi la Nature, ayant fait des
provifions pour tout le genre humain, devoit, par prévoyance, diftri-
buer à chacun des hommes en particulier, une portion de goût, qui le
déterminât principalement à certains
objets. C'eft ce qu'elle a fait, en for-
mant leurs organes, de maniere qu'ils
fe portaffent vers une partie, plutôt
que fur le tout. Les ames bien con-
formées ont un Goût général pour
tout ce qui eft naturel, & en même-
tems, un amour de préférence, qui
les attache à certains objets en particulier : & c'eft cet amour qui fixe
les talens, & les conferve en les fi-
xant.

Qu'il foit donc permis à chacun

d'avoir fon Goût : pourvu qu'il foit pour quelque partie de la Nature. Que les uns aiment le riant , d'autres le férieux ; ceux-ci le naïf, ceux-là le grand , le majeftueux , &c. Ces objets font dans la Nature,& s'y relevent par le contrafte. Il y a des hommes affez heureux pour les embraffer prefque tous. Les objets mêmes leur donnent le ton du fentiment. Ils aiment le férieux dans un fujet grave ; l'enjoué , dans un fujet badin. Ils ont autant de facilité à pleurer à la Tragédie , qu'ils en ont à rire à la Comédie : mais on ne doit point pour cela me faire, à moi, un crime, d'être refferré dans des bornes plus étroites. Il feroit plus jufte de me plaindre.

CHAPITRE VIII.

II. CONSEQUENCE.

Les Arts étant imitateurs de la Nature, c'est par la comparaison qu'on doit juger des Arts.

Deux manieres de comparer.

SI les beaux Arts ne préfentoient qu'un fpectacle indifférent, qu'une imitation froide de quelque objet qui nous fût entiérement étranger; on en jugeroit comme d'un portrait: en le comparant feulement avec fon modéle (*a*). Mais comme ils font

(*a*) On ne veut point dire ici que tout le mérite d'un portrait confifte dans fa reffemblance avec fon modéle : à moins que le mot de *reffemblance* ne comprenne non-feulement les principaux traits, qui font dire qu'un portrait reffemble ; mais encore tout ce que l'art du Peintre employe ou peut employer, afin que fon ouvrage foit pris pour la nature même.

faits pour nous plaire, ils ont befoin du fuffrage du cœur auffi-bien que de celui de la raifon.

Il y a le beau, le parfait idéal de la Poëfie, de la Peinture, de tous les autres Arts. On peut concevoir par l'efprit la Nature parfaite & fans défaut, de même que Platon a conçu fa République, Xenophon fa Monarchie, Ciceron fon Orateur. Comme cette idée feroit le point fixe de la perfection; les rangs des Ouvrages feroient marqués par le dégré de proximité ou d'éloignement qu'ils auroient avec ce point. Mais s'il étoit néceffaire d'avoir cette idée; comme il faudroit l'avoir, non feulement pour tous les genres, mais encore pour tous les fujets dans chaque genre; combien compteroit-on d'Arif-tarques?

Nous pouvons bien fuivre un Auteur, ou même courir devant lui dans fa matiere, jufqu'à un certain point.

Le sujet bien connu, nous fait entrevoir du premier coup d'œil certains
traits qui sont si naturels & si frappans, qu'on ne peut les omettre dans
la composition : l'Auteur les a mis en
œuvre , & nous lui en sçavons gré.
Il en a employé d'autres, que nous
n'avions pas apperçus : mais nous les
avons reconnus pour être de la Nature : & en conséquence , nous lui
avons accordé un nouveau dégré
d'estime. Il fait plus, il nous montre
des traits que nous n'avions pas cru
possibles , & il nous force de les ap-
prouver encore, par la raison qu'ils
font naturels , & pris dans le sujet :
c'est Corneille qui a peint de tête :
il avoit des mémoires secrets sur la
sublime Nature : nous avouons tout :
nous admirons. Il nous a élevé avec
lui, & emporté dans la sphere qu'il
habite : nous y sommes. Qui de nous
sera assez hardi pour assurer qu'il est
encore des dégrés au-delà ? que le

Poëte s'eſt arrêté en chemin : qu'il n'a pas eu les aîles aſſez fortes pour arriver au but. Il faudroit avoir meſuré l'eſpace au moins des yeux.

Cet Ouvrage a des défauts : c'eſt un jugement qui eſt à la portée de la plupart. Mais, *cet Ouvrage n'a pas toutes les beautés dont il eſt ſuſceptible* : c'en eſt un autre, qui n'eſt réſervé qu'aux eſprits du premier ordre. On ſent, après ce qu'on vient de dire, la raiſon de l'un & de l'autre. Pour porter le premier jugement, il ſuffit de comparer ce qui a été fait, avec les idées ordinaires qui ſont toujours avec nous, quand nous voulons juger des Arts, & qui nous offrent des plans, au moins ébauchés, où nous pouvons reconnoître les principales fautes de l'exécution. Au lieu que pour le ſecond, il faut avoir compris toute l'étendue poſſible de l'Art, dans le ſujet choiſi par l'Auteur. Ce qui eſt à peine accordé aux plus grands Génies.   Il

Il y a une autre efpèce de comparaifon , qui n'eft point de l'Art avec
la belle Nature. C'eft celle des différentes impreffions que produifent en
nous les différens Ouvrages du même Art, dans la même efpèce. C'eft
une comparaifon qui fe fait par le
Goût feul : au lieu que l'autre fe fait
par l'efprit. Et comme la décifion du
Goût, auffi-bien que celle de l'efprit,
dépend de l'imitation , & de la qualité des objets qu'on imite ; (*a*) on
a dans cette décifion du Goût, celle
de l'efprit même.

Je lis les Satyres de Defpréaux. La
premiere me fait plaifir. Ce fentiment prouve qu'elle eft bonne : mais
il ne prouve point qu'elle foit excel-
lente. Je continue : mon plaifir s'aug-
mente à mefure que j'avance. Le génie de l'Auteur s'éleve de plus en
plus, jufqu'à la neuviéme : mon Goût
s'éleve avec lui. L'Auteur n'a pu s'é-

(*a*) Voyez les chap. 4. & 5.

H

lever plus haut : mon Goût eſt reſté au même point que ſon Génie. Ainſi le dégré de ſentiment que cette Satyre m'a fait éprouver, eſt ma régle, pour juger de toutes les autres Satyres.

Vous avez l'idée d'une Tragédie parfaite. Il n'y a point de doute que ce ne ſoit celle qui touche le plus vivement, & le plus long-tems le Spectateur. Liſez le moins parfait de tous les Œdipes que nous avons. Vous l'avez lu, & il vous a touché. Prenez-en un autre, & allez ainſi par ordre, juſqu'à ce que vous ſoyez arrivé à celui de Sophocle, qu'on regardé comme le chef-d'œuvre de la Muſe tragique, & le modéle des régles mêmes.

Vous avez remarqué dans l'un, des hors d'œuvres, qui vous détournent : dans l'autre, des déclamations qui vous refroidiſſent : dans celui-ci, un ſtyle bouffi & une fauſſe majeſté :

dans celui-là, des beautés forcées pour tenir place de celles qu'on a rejettées, crainte d'être copiſte. D'un autre côté, vous avez vu dans Sophocle une action qui marche preſ-que ſeule & ſans art. Vous avez ſenti l'émotion qui croît à chaque Scene : le ſtyle qui eſt noble & ſage vous éleve, ſans vous diſtraire. Vous êtes attaché au ſort du malheureux Œdi-pe : vous le pleurez, & vous aimez votre douleur. Souvenez-vous de l'eſpèce & du dégré de ſentiment que vous avez éprouvé : ce ſera do-rénavant votre régle. Si un autre Au-teur étoit aſſez heureux pour y ajou-ter encore, votre Goût en devien-droit plus exquis & plus élevé : mais en attendant, ce ſera ſur ce dégré, que vous jugerez les autres Tragé-dies ; & elles ſeront bonnes ou mauvaiſes, plus ou moins, ſelon le dégré de proximité ou d'éloigne-ment qu'elles auront avec ces de-

grés, & cette fuite de fentimens que
vous avez éprouvés.

Faifons encore un pas : tâchons
d'approcher de ce beau idéal qui eft
la loi fuprême. Lifons les plus excellens Ouvrages dans le même genre. Nous fommes touchés de l'enthoufiafme & des emportemens
d'Homere, de la fageffe & de la précifion de Virgile. Corneille nous a
enlevé par fa nobleffe , & Racine
nous a charmés par fa douceur. Faifons un heureux mélange des qualités uniques de ces grands Hommes :
nous formerons un modéle idéal fu-
périeur à tout ce qui eft ; & ce
modéle fera la regle fouveraine &
infaillible de toutes nos décifions.
C'eft ainfi que les Stoïciens avoient
la mefure de la fageffe humaine dans
le Sage qu'ils imaginoient : & que
Juvenal trouvoit les plus grands Poëtes, au-deffous de l'idée qu'il avoit
conçue de la Poëfie par un fenti-

ment que ſes termes ne pouvoient exprimer.

Qualem nequeo monſtrare, & ſentio tantùm.

CHAPITRE IX.

III. CONSEQUENCE.

Le Goût de la Nature étant le même que celui des Arts, il n'y a qu'un ſeul Goût qui s'étend à tout, & même ſur les mœurs.

L'ESPRIT ſaiſit ſur le champ la juſteſſe de cette conſéquence. En effet, qu'on jette les yeux ſur l'hiſtoire des Nations, on verra toujours l'humanité & les vertus civiles, dont elle eſt la mere, à la ſuite des beaux Arts. C'eſt par-là qu'Athenes fut l'école de la délicateſſe ; que Rome, malgré ſa férocité originaire, s'adoucit ; que tous les peu-

H iij

ples , à proportion du commerce
qu'ils eurent avec les Mufes , devinrent plus fenfibles & plus bien-
faifans.

Il n'eft pas poffible que les yeux
les plus groffiers, voyant chaque jour
les chef-d'œuvres de la Sculpture
& de la Peinture , ayant devant eux
des édifices fuperbes & réguliers ;
que les Génies les moins difpofés à
la vertu & aux graces , à force de
lire des ouvrages penfés noblement,
& délicatement exprimés , ne prennent une certaine habitude de l'ordre , de la nobleffe , de la délicateffe.
Si l'Hiftoire fait éclore des vertus ;
pourquoi la prudence d'Ulyffe , la
valeur d'Achille n'allumeroient-elles
pas le même feu ? pourquoi les graces d'Anacréon , de Bion , de Mofchus n'adouciroient - elles pas nos
mœurs ? Pourquoi tant de fpecta-
cles, où le noble fe trouve réuni avec
le gracieux, ne nous donneroient-ils

pas le Goût du beau, du décent, du délicat ? (*a*) Nos peres, & nos peres favans, battoient des mains aux repréfentations comiques de nos faints Myftéres, un Payfan aujourd'hui en fentiroit l'indécence.

Tel eft le progrès du Goût : le Public fe laiffe prendre peu à peu par les exemples. A force de voir, même fans remarquer, on fe forme infenfiblement fur ce qu'on a vu. Les grands Artiftes expofent dans leurs

(*a*) Un homme, dit Plutarque, qui aura appris dès fon enfance la vraie Mufique, telle qu'on doit l'enfeigner à la jeuneffe ; ne peut manquer d'avoir un goût ami du bon, & par conféquent enne- mi du mauvais, mê- me dans les chofes qui n'appartiennent point à la Mufique ; il ne fe deshonorera jamais par une baffeffe. Il fera auffi utile à fa pa- trie, que réglé dans fa conduite privée : & il n'y aura pas une de fes actions, ni de fes paroles qui ne foit me- furée, & qui n'ait dans toutes les circonftan- ces des tems, & des lieux, le caractere de la décence, de la mo- dération, de l'ordre. Μητὲ ἐργω μητὶ λογῶ χρώμενος ἀναμμωςῶ σο- ζᾶν ἀιιι κỵι παντέχου τὺ πρέπον, κỵι σώφρον, κỵι κόσμιον. de Mufica.

H iv

Ouvrages les traits de la belle Nature : ceux qui ont eu quelque éducation, les approuvent d'abord ; le
peuple même en est frappé. On s'applique le modéle sans y penser. On
retranche peu à peu ce qui est de
trop : on ajoute ce qui manque. Les
façons, les discours, les démarches
extérieures se sentent d'abord de la
réforme : elle passe jusqu'à l'esprit.
On veut que les pensées, quand elles sortiront au-dehors, paroissent
justes, naturelles, & propres à nous
mériter l'estime des autres hommes.
Bientôt le cœur s'y soumet aussi, on
veut paroître bon, simple, droit :
en un mot, on veut que tout le Citoyen s'annonce par une expression
vive & gracieuse, également éloignée
de la grossiereté & de l'affectation :
deux vices aussi contraires au goût
dans la société, qu'ils le sont dans
les Arts. Car le Goût a par-tout les
mêmes régles. Il veut qu'on ôte tout

ce qui peut faire une impreſſion fâ-
cheuſe , & qu'on offre tout ce qui
peut en produire une agréable. Voilà le principe général. C'eſt à chacun à l'étudier ſelon ſa portée , & à
en tirer des concluſions pratiques :
plus on les portera loin , plus le
goût aura de fineſſe & d'étendue.

Si on pratiquoit la Religion chrétienne comme on la croit : elle feroit , en un moment, ce que les Arts
ne peuvent faire qu'imparfaitement,
& avec des années & quelquefois des
ſiécles. Un parfait Chrétien eſt un
Citoyen parfait. Il a le dehors de la
vertu, parce qu'il en a le fonds. Il ne
veut nuire à qui que ce ſoit, & veut
obliger tout le monde ; & en prend
efficacement tous les moyens poſſibles.

Mais comme le plus grand nombre n'eſt chrétien que par l'eſprit ;
il eſt très-avantageux pour la vie
civile , qu'on inſpire aux hommes

des sentimens qui tiennent quelque lieu de la charité évangélique. Or ces sentimens ne se communiquent que par les Arts, qui, étant imitateurs de la Nature, nous rapprochent d'elle, & nous présentent pour modéles, sa simplicité, sa droiture, sa bienfaisance qui s'étend également à tous les hommes.

CHAPITRE X.

IV. ET DERNIERE CONSEQUENCE.

Combien il est important de former le Goût de bonne heure, & comment on devroit le former.

IL ne peut y avoir de bonheur pour l'homme, qu'autant que ses goûts sont conformes à sa raison. Un cœur qui se révolte contre les lumieres de l'esprit, un esprit qui condamne les

mouvemens du cœur, ne peuvent
produire qu'une forte de guerre in-
teſtine, qui empoiſonne tous les inſ-
tans de la vie. Pour aſſurer le concert de ces deux parties de notre
ame, il faudroit être auſſi attentif
à former le Goût, (a) qu'on l'eſt
à former la raiſon. Et même, comme celle-ci perd rarement ſes droits,
& qu'elle s'explique preſque toujours
aſſez, lors même qu'on ne l'écoute
point ; il ſemble que le Goût devroit mériter la premiere & la plus
grande attention ; d'autant plus, qu'il
eſt le premier expoſé à la corrup-
tion, le plus aiſé à corrompre, le
plus difficile à guérir, & enfin qu'il a

(a) Nous prenons ici
le Goût de même que
dans le chapitre précé-
dent, c'eſt-à-dire, dans
ſa plus grande étendue:
comme un ſentiment
qui nous porte à ce
qui nous paroît bon,
ou nous détourne de
ce qui nous paroît
mauvais. En ce ſens il
peut s'appeller, Goût,
dans ſes commence-
mens ; Paſſion, dans
ſes progrès ; & Fureur
ou Folie, dans ſes ex-
cès.

le plus d'influence fur notre conduite.

Le bon Goût eft un amour ha-
bituel de l'ordre. Il s'étend , comme nous venons de le dire , fur les
mœurs auffi bien que fur les ouvrages d'efprit. La fymmétrie des parties
entr'elles & avec le tout , eft auffi
néceffaire dans la conduite d'une
action morale que dans un tableau.
Cet amour eft une vertu de l'ame
qui fe porte à tous les objets, qui ont
rapport à nous , & qui prend le nom
de Goût dans les chofes d'agrément,
& retient celui de Vertu lorfqu'il s'a-
git des mœurs. Quand cette partie
eft négligée dans l'âge le plus tendre , on fent affez quelles en doivent être les fuites.

Si on jugeoit des goûts & des
paffions des hommes, moins par leur
objet & par les forces qu'elles font
mouvoir pour y arriver, que par le
trouble qu'elles portent dans l'ame;

on verroit que les âges n'y mettent pas plus de différence que les conditions. La colere d'un homme privé n'eſt pas, de ſoi, moins violente que celle d'un Roi : quoique les effets extérieurs en ſoient moins terribles. Un Pere rit des dépits, de l'ambition, de l'avidité d'un enfant qui ſort du berceau : ce n'eſt qu'une étincelle, il eſt vrai, mais une étincelle, à qui il ne manque que la matière, pour être un incendie. L'impreſſion ſe fait ſur les organes : le pli ſe prend : & quand on veut le réformer dans la ſuite, on y trouve une réſiſtance qu'on rejette ſur la Nature, & qu'on devroit imputer à l'habitude.

Que dans les premiers jours de la vie, l'ame comme étonnée de ſa priſon, demeure quelque-tems dans une eſpece de ſtupidité & d'engourdiſſement ; ce n'eſt pas une preuve qu'elle ne s'éveille que quand elle

commence à raiſonner. Elle s'agite
bientôt par les deſirs qui naiſſent du
beſoin : les organes l'avertiſſent de
donner ſes ordres : & le commerce
du corps avec l'ame s'établit par les
impreſſions réciproques de l'un ſur
l'autre. L'ame reconnoît dès-lors en
ſilence toutes ſes facultés : elle les
prépare & les met en jeu. Elle amaſſe
par le miniſtére des yeux , des oreilles , du taĉt, & des autres ſens , les
connoiſſances & les idées qui ſont
comme les proviſions de la vie. Et
comme dans ces acquiſitions, c'eſt le
ſentiment qui régne & qui agit ſeul;
il doit avoir fait déja des progrès infinis, avant que la raiſon ait fait ſeulement le premier pas.

Peuvent-ils être indifférens ces
progrès, qui ſont ſi ſouvent contraires aux intérêts de la raiſon , qui
troublent ſans ceſſe ſon empire , &
ont aſſez de force, ou pour la rendre
eſclave , ou pour la dépouiller d'une

partie de ſes droits ? Et s'ils ne ſont
rien moins qu'indifférens ; ſeroit-il
poſſible , qu'il n'y eût pas de moyen
pour les régler, ou pour les prévenir ?
On le croiroit preſque, à en juger par
le peu de ſoin qu'on donne ordinairement aux quatre ou cinq premieres années de l'enfance. Toute
l'attention ſe termine aux beſoins du
corps. On ne ſonge point que c'eſt
dans ce tems que les organes aché-
vent de prendre cette conſiſtence, qui
prépare les caractères & même les
talens : & qu'une partie de la con-
formation de ces organes dépend des
ébranlemens & des impreſſions qui
viennent de l'ame.

Tant que l'ame ne s'exerce que
par le ſentiment , c'eſt le Goût ſeul
qui la méne : elle ne délibére point ;
parce que l'impreſſion préſente la
détermine. C'eſt de l'objet ſeul qu'elle prend la loi. Il faudroit donc lui
préſenter dans ces tems une ſuite

d'objets, capables de ne produire que des sentimens agréables & doux, (*a*) & lui dérober la connoissance de tous ceux dont on ne pourroit la détourner, qu'en la jettant dans la tristesse ou l'impatience : & par-là, on formeroit peu à peu dans l'homme, dès sa plus tendre enfance, l'habitude de la gayeté, qui fait son propre bonheur, & celle de la douceur, qui doit faire celui des autres.

Quand l'homme commence à sortir de cet état de servitude où il est retenu par les objets extérieurs, & qu'il entre en possession de lui-même par la raison & par la liberté ; on ne songe d'ordinaire qu'à lui cultiver l'esprit. On oublie encore en-

(*a*) La joie accompagne toujours un cœur bienfaisant, c'est par elle que l'ame s'épanouit en quelque sorte, & répand, sur ce qui l'environne, le bonheur dont elle jouit. Au lieu que la tristesse, qui ronge le cœur, le porte à se venger sur les autres, de la douleur qu'il ressent.

tiérement

tiérement le Goût : ou fi l'on y penfe, c'eft pour le détruire en voulant le forcer. On ne fait point que c'eft la partie de notre ame qui eft la plus délicate, celle qui doit être maniée avec le plus d'art. Il faut feindre de le fuivre lors même qu'on veut le redreffer : & tout eft perdu, s'il fent la main qui le réduit :

> . . . . . . *Tunc fallere folers*
> *Appofita intortos extendit regula mores.*

C'étoit le grand & très-rare talent de celui que Perfe avoit eu pour maître.

Auffitôt qu'un enfant ouvre les yeux de l'efprit, & qu'il voit l'Univers ; le Ciel, les Aftres, les Plantes, les Animaux, tout ce qui l'environne le frappe, il fait mille queftions : il veut favoir tout. C'eft la Nature qui le pouffe, qui le guide : & elle le guide bien. Il eft jufte que le nouveau Citoyen qui arrive dans

I

le monde, connoisse d'abord sa demeure, & ce qu'on y a préparé pour
lui. Il faudroit suivre ce rayon de
lumiere, satisfaire cette curiosité,
la piquer de plus en plus par le succès. Mais on l'arrête, on l'étouffe
en naissant, pour lui substituer une
triste contrainte qui jette l'esprit dans
des travaux que le dégoût rend in-
fructueux, & qui éteignent quelquefois pour toujours, cette curiosité
que la Nature avoit destinée à être
l'éguillon de l'esprit & le germe des
sciences.

On met à l'entrée des études pré-
cisément ce qui peut en détourner
les enfans, ou les en dégoûter: des
régles abstraites, des maximes sé-
ches, des principes généraux, de la
métaphysique. Sont-ce là les jouets
de l'enfance? Les Arts ont deux parties: la Spéculation & la Pratique,
l'une peut aller avant l'autre, pourvu qu'on ne les sépare point pour

toujours. Que ne leur donne-t'on
d'abord celle qui eſt le plus à leur
portée, qui eſt la plus conforme à
leur caractère & à leur âge : celle
qui a le plus d'objets ſenſibles, qui
donne le plus de jeu & de mouvement à l'eſprit, en un mot celle qui
promet le moins de peine & le plus
de ſuccès ?

Car c'eſt le ſuccès qui nourrit le
goût : & le ſuccès & le goût annoncent le talent. Ces trois choſes ne ſe ſéparent jamais. De ſorte que ſi après avoir eſſayé d'une
route pendant quelque-tems, l'eſprit ne s'y plaît pas ; c'eſt une marque qu'elle n'eſt point faite pour le
mener à la gloire. Envain employe-
roit-on la contrainte ; elle ne feroit
que diminuer encore le goût, & en-
laidir les objets. La ſeule reſſource,
ſi on ne veut point y renoncer ab-
ſolument, c'eſt de les préſenter ſous
une autre face. Et s'ils ne plaiſent

point encore, il vaut beaucoup mieux les abandonner pour toujours, que d'occasionner par l'obstination une suite de sentimens qui pourroit faire perdre à l'ame sa gayeté & sa douceur, deux vertus qu'aucun talent de l'esprit ne sauroit payer.

On peut tenter un autre voye. Les talens sont aussi variés que les besoins de la vie humaine ; la Nature y a pourvu : & en mere bienfaisante, elle ne produit aucun homme, sans le doter de quelque qualité utile, qui lui sert de recommandation auprès des autres hommes. C'est cette qualité qu'il faut reconnoître & cultiver, si on veut voir fructifier les soins de l'éducation. Autrement, on va contre les intentions de la Nature qui résiste constamment au projet, & le fait presque toujours échouer.

C. Eisen inuenit.   De Infosse Sculpsit.

LES BEAUX ARTS
REDUITS
A UN PRINCIPE,

TROISIEME PARTIE.

OU LE PRINCIPE DE L'IMITATION EST VERIFIE' PAR SON APPLICA-TION AUX DIFFERENS ARTS.

CETTE Partie sera divisée en trois Sections, dans lesquelles on prouvera que les Régles de la

I iij

Poëfie, de la Peinture, de la Mufique & de la Danfe, font renfermées dans l'imitation de la belle
Nature.

SECTION PREMIERE.

L'ART POETIQUE EST RENFERMÉ DANS L'IMITATION DE LA BELLE NATURE.

CHAPITRE I.

Où on réfute les opinions contraires au principe de l'Imitation.

SI les preuves que nous avons don-
nées jufqu'ici ont été trouvées fuffi-
fantes pour fonder le principe de
l'imitation ; il eft inutile de nous
arrêter à réfuter les différentes opinions des Auteurs fur l'effence de la

Poëfie : & fi nous nous y arrêtons un moment, ce fera moins pour les combattre en régle, que pour en donner un court expofé, qui fuffira pour lever tous les fcrupules qu'elles auroient pu faire naître dans l'efprit du Lecteur.

Quelques-uns ont prétendu que l'effence de la Poëfie étoit la fiction. Il ne s'agit que d'expliquer le terme, & de convenir de fa fignification. Si par *fiction*, ils entendent la même chofe que *feindre*, ou *fingere* chez les Latins ; le mot de *fiction* ne doit fignifier que l'imitation artificielle des caractères, des mœurs, des actions, des difcours, &c. Tellement que *feindre* fera la même chofe que *reprefenter*, ou plutôt *contrefaire* : alors cette opinion rentre dans celle que nous avons établie.

S'ils refferrent la fignification de ce terme, & que par *fiction*, ils entendent le miniftere des Dieux que

I iv

le Poëte fait intervenir pour mettre en jeu les reſſorts ſecrets de ſon Poëme ; il eſt évident que la fiction n'eſt pas eſſentielle à la Poëſie ; parce qu'autrement la Tragédie, la Comédie, la plûpart des Odes ceſſeroient d'être de vrais Poëmes, ce qui ſeroit contraire aux idées les plus univerſellement reçues.

Enfin ſi par *fiction* on veut ſignifier les figures qui prêtent de la vie aux choſes inanimées, & des corps aux choſes inſenſibles, qui les font parler & agir, telles que ſont les métaphores & les allégories ; la fiction alors n'eſt plus qu'un tour poëtique, qui peut convenir à la Proſe même. C'eſt le langage de la paſſion qui dédaigne l'expreſſion vulgaire : c'eſt la parure & non le corps de la Poëſie.

D'autres ont cru que la Poëſie conſiſtoit dans la verſification.

Le Peuple frappé de cette meſure

fenſible qui caractériſe l'expreſſion
poëtique & la ſépare de celle de la
Proſe, donne le nom de poëme à
tout ce qui eſt mis en vers : Hiſtoire,
Phyſique, Morale, Théologie, toutes les Sciences, tous les Arts qui
doivent être le fonds naturel de la
Proſe, deviennent ainſi des ſujets de
Poëme. L'oreille touchée par des
cadences régulieres, l'imagination
échauffée par quelques figures hardies & qui avoient beſoin d'être autoriſées par la licence poëtique,
quelquefois même l'art de l'Auteur
qui, né Poëte, a communiqué une
partie de ſon feu à des matières ſé-
ches, & qui paroiſſoient réſiſter aux
graces, tout cela ſéduit les eſprits
peu inſtruits de la nature des choſes ; & dès qu'on voit l'extérieur
de la Poëſie, on s'arrête à l'écorce,
ſans ſe donner la peine de péné-
trer plus avant. On voit des vers,
& on dit, voilà un Poëme ; parce

que ce n'eſt point de la proſe.

Ce préjugé eſt auſſi ancien que la
Poëſie même. Les premiers Poëmes
furent des Hymnes qu'on chantoit,
& au chant deſquels on aſſocioit la
Danſe. Homere & Tite - Live en
donneront la preuve. (*a*) Or pour
former un concert de ces trois expreſſions, des paroles, du chant, &
de la danſe ; il falloit néceſſairement qu'elles euſſent une meſure
commune qui les fît tomber toutes
trois enſemble : ſans quoi l'harmonie
eût été déconcertée. Cette meſure
étoit le coloris : ce qui frappe d'a-
bord tous les hommes. Au lieu que
l'imitation qui en étoit le fonds &
comme le deſſeing, a échappé à la

(*a*) . . . Πολὺς δ'ὑμέναιⒸ ὀρώρει,
Κοῦροι δ'ὀρχηϛῆρες ἐδίνεον ἐν δ'ἄρα τοῖσιν,
Α'υλοὶ Φορμιγγές τε βοὴν εχον. *Iliad.* 18.
Et Tit. Liv. lib. 1. I. Dec. *Per urbem ire ca-*
nentes carmina cum tripudiis ſolemnique ſaltatu
juſſit.

plûpart des yeux qui la voyent, fans la remarquer.

Cependant cette mefure ne conftitua jamais ce qu'on appelle un vrai Poëme :

> . . . *Neque enim concludere verfum ,*
> *Dixeris effe fatis.*

Et fi cela fuffifoit , la Poëfie ne feroit qu'un jeu d'enfant, qu'un frivole arrangement de mots que la moindre tranfpofition feroit difparoître :

> *Eripias fi*
> *Tempora certa modofque & quod prius ordine*
> *verbum eft ,*
> *Pofterius facias , præponens ultima primis.*

Alors le mafque eft levé : on reconnoît la Profe toute fimple & toute nue , le Poëte n'eft plus.

Il n'en eft pas ainfi de la vraie Poëfie. On a beau renverfer l'ordre, déranger les mots, rompre la mefure: elle perd l'harmonie , il eft vrai ; mais elle ne perd point fa nature.

La poëfie des chofes refte toujours; on la retrouve dans fes membres difperfés.

Invenias etiam disjecti membra Poëta.

Cela n'empêche point qu'on ne convienne qu'un Poëme fans verfification, ne feroit pas un Poëme. Nous l'avons dit, les mefures & l'harmonie font les couleurs, fans lefquelles la Poëfie n'eft qu'une eftampe. Le tableau repréfentera, fi vous le voulez, les contours ou la forme, & tout au plus les jours & les ombres locales ; mais on n'y verra point le coloris parfait de l'Art.

La troifiéme opinion eft celle qui met l'effence de la Poëfie dans l'Enthoufiafme.

Nous l'avons défini dans la premiere Partie, & nous en avons marqué les fonctions, qui s'étendent également à tous les beaux Arts. Il convient même à la Profe ; puifque là paſſion avec tous ſes dégrés ne monte pas moins dans les tribunes que ſur les théâtres. Ciceron veut que l'Orateur ſoit ardent comme la foudre, véhément comme un orage, rapide comme un torrent, qu'il ſe précipite, qu'il renverſe tout par ſon impétuoſité. *Vehemens ut procella, excitatus ut torrens, incenſus ut fulmen, tonat, fulgurat, & rapidis eloquentiæ fluctibus cuncta proruit & proturbat :* l'Enthouſiaſme poëtique a-t-il rien de plus emporté ou de plus violent ? Et quand Periclés

Tonnoit & foudroyoit & renverſoit la Grece,

l'Enthouſiaſme régnoit-il dans ſes diſcours avec moins d'empire que dans les Odes Pindariques ?

Mais ce grand feu ne ſe ſoutient pas toujours dans l'Oraiſon : ſe ſoutient-il dans la Poëſie ? Et s'il falloit qu'il ſe ſoutînt, combien de vrais Poëmes ceſſeroient d'être tels ?

On cite en faveur de l'Enthousiaf-
me le fameux passage d'Horace :

Ingenium cui fit, cui mens divinior atque os
Magna sonaturum, des nominis hujus honorem.

Ce passage ne décide point la que-
stion : il ne s'y agit point de la nature de la Poësie, mais des qualités
d'un Poëte parfait. Deux choses aussi
différentes que le sont le Peintre &
son tableau. En second lieu, supposé
que ces vers doivent s'entendre de
la nature de la Poësie, ils n'établif-
sent pas nécessairement l'opinion
dont il s'agit. Aristote, qui fait
consister l'essence de la Poësie dans
l'imitation, n'exige pas moins qu'-
Horace, ce Génie, cette fureur divine (*a*).

Horace n'avoit pas dessein dans
cet endroit de définir exactement la
Poësie. Il a pris une partie sans vou-

(*b*) Εστιν ευφυους η ποιητικη και μανικου. Poët.
cap. 17.

loir embraſſer le tout. C'eſt une de ces définitions qui ne ſont ni toutes vraies ni toutes fauſſes , & qu'on employe quand on veut fermer la bouche à ceux qu'on ne daigne pas réfuter ſérieuſement : & c'étoit pré-ciſément le cas où ſe trouvoit le Poëte Latin.

Quelques Cenſeurs d'un mérite médiocre , que l'intérêt perſonnel avoit, peut-être , animés contre ſes Satyres , lui avoient reproché d'être un Poëte mordant. Horace leur ré-pond à la maniere de Socrate, moins pour les inſtruire que pour leur montrer leur ignorance. Il les arrête dès le premier mot : & veut leur faire entendre qu'ils ne ſavent pas même ce que c'eſt que Poëſie : & pour cela, il en trace un portrait qui ne convient nullement à ce qu'ils avoient appellé *Poëſie mordante.* Pour confirmer cette idée & aug-menter leur embarras , il cite l'opinion de quelques-uns qui ont mis en queſtion, ſi la Comédie étoit un *juſte* Poëme ; *quidam quæſivêre.* Cela poſé : il eſt clair qu'Horace ne penſoit à rien moins qu'à définir rigoureuſement la Poëſie ; mais ſeulement à marquer ce qu'elle a de plus grand & de plus éblouiſſant, & qui convenoit le moins à ſes Satyres : & qu'ainſi, ce ſeroit s'abuſer que de vouloir meſurer toutes les eſpeces de Poëmes ſur cette prétendue définition.

Mais, dira-t'on, l'Enthouſiaſme & le ſentiment ſont une même choſe, & le but de la Poëſie eſt de produire le ſentiment, de toucher, de plaire. D'ailleurs le Poëte ne doit-il pas éprouver lui-même le ſentiment qu'il veut produire dans les autres ? Quelle concluſion tirer de-là ? Que les ſentimens & l'Enthouſiaſme ſont le principe & la fin de la Poëſie : en ſera-ce l'eſſence ? Oui, ſi l'on veut que la cauſe & l'effet, la fin & le

moyen

moyen foient la même chofe ; car il
s'agit ici de précifion.

Tenons-nous-en donc à l'imitation, qui eft d'autant plus proba-
ble, qu'elle renferme l'enthoufiafme, la fiction, la verfification même,
comme des moyens néceffaires pour
imiter parfaitement les objets. On
l'a vu jufqu'ici , & on le verra de
plus en plus dans le détail qui va
fuivre.

CHAPITRE II.

Les Divifions de la Poëfie fe trou-
vent dans l'Imitation.

LA vraie Poëfie confiftant effentiellement dans l'Imitation ; c'eft
dans l'Imitation même que doivent
fe trouver fes différentes Divifions.

Les hommes acquierent la connoiffance de ce qui eft hors d'eux-

K

mêmes, par les yeux ou par les oreilles : parce qu'ils voyent les chofes eux-mêmes, ou qu'ils les entendent raconter par les autres. Cette double maniere de connoître, produit la premiere divifion de la Poëfie, & la partage en deux efpèces, dont l'une eft Dramatique, où nous voyons les chofes repréfentées devant nos yeux, où nous entendons les difcours directs des perfonnes qui agiffent; l'autre Epique, où nous ne voyons ni n'entendons rien par nous-mêmes directement, où tout nous eft raconté :

Aut agitur res in fcenis, aut acta refertur.

Si de ces deux efpèces on en forme une troifiéme qui foit mixte, c'eft-à-dire, mêlée de l'Epique & du Dramatique, où il y ait du fpectacle & du récit ; toutes les régles de cette troifiéme efpèce feront contenues dans celles des deux autres.

Cette Divifion, qui n'eft fondée que fur la maniere dont la Poëfie montre les objets, eft fuivie d'une autre, qui eft prife dans la qualité des objets mêmes que traite la Poëfie.

Depuis la Divinité jufqu'aux derniers infectes, tout ce à quoi on peut fuppofer de l'action, tout eft foumis à la Poëfie, parce qu'il l'eft à l'imitation. Ainfi, comme il y a des Dieux, des Rois, de fimples Citoyens, des Bergers, des Animaux, & que l'Art s'eft plu à les imiter dans leurs actions vraies ou vraifemblables ; il y a auffi des Opera, des Tragédies, des Comédies, des Paftorales, des Apologues. Et c'eft la feconde divifion, dont chaque membre peut être encore fousdivifé, felon la diverfité des objets, quoique dans le même genre.

Toutes ces efpèces ont leurs régles particulieres, que nous examinerons en détail par rapport à nos

vues. Mais comme il y en a auſſi qui
leur ſont communes , ſoit pour le
fonds des choſes, ſoit pour la forme
du ſtyle poëtique ; nous commence-
rons par les générales, & nous prou-
verons qu'elles ſont toutes renfermées dans l'exemple de la belle Nature.

CHAPITRE III.

Les Régles générales de la Poëſie des choſes ſont renfermées dans l'Imitation.

SI la Nature eût voulu ſe montrer
aux hommes dans toute ſa gloire, je
veux dire , avec toute ſa perfection
poſſible dans chaque objet ; ces régles qu'on a découvertes avec tant
de peine , & qu'on ſuit avec tant de
timidité , & ſouvent même de danger, auroient été inutiles pour la for-

mation & le progrès des Arts. Les
Artiftes auroient peint fcrupuleufe-
ment les facés qu'ils auroient eues
devant les yeux, fans être obligés de
choifir. L'imitation feule auroit fait
tout l'ouvrage , & la comparaifon
feule en auroit jugé.

Mais comme elle s'eft fait un jeu
de mêler fes plus beaux traits avec
une infinité d'autres; il a fallu faire
un choix. Et c'eft pour le faire, ce
choix, avec plus de fureté , que les
régles ont été inventées & propo-
fées par le Goût. Nous en avons
établi les principes dans la feconde
Partie. Il ne s'agit ici que d'en tirer
les conféquences , & de les appliquer à la Poëfie.

I. Régle générale de la Poesie.

Joindre l'utile avec l'agréable.

En effet , fi dans la Nature & dans
les Arts les chofes nous touchent à

proportion du rapport qu'elles ont
avec nous ; (*a*) il s'enfuit que les
ouvrages qui auront avec nous le
double rapport de l'agrément & de
l'utilité , feront plus touchans que
ceux qui n'auront que l'un des deux.
C'eft le précepte d'Horacé :

Omne tulit punctum qui mifcuit utile dulci ,
Lectorem delectando , pariterque monendo.

Le but de la Poëfie eft de plaire : &
de plaire en remuant les paffions.
Mais pour nous donner un plaifir
parfait & folide ; elle n'a jamais dû
remuer que celles qu'il nous eft important d'avoir vives , & non celles
qui font ennemies de la fageffe. L'horreur du crime , à la fuite duquel marchent la honte , la crainte , le repen-
tir , fans compter les autres fupplices : la compaffion pour les malheureux , qui a prefque une utilité auffi
étendue que l'humanité même : l'ad-

(*a*) Voyez le chap. 3. de la 2. part.

miration des grands exemples, qui
laiffent dans le cœur l'aiguillon de
la vertu : un amour héroïque, & par
conféquent légitime : voilà, de l'a-
veu de tout le monde, les paffions
que doit traiter la Poëfie, qui n'eft
point faite pour fomenter la corrup-
tion dans les cœurs gâtés ; mais pour
être les délices des ames vertueufes.
La vertu placée dans de certaines fituations, fera toujours un fpectacle
touchant. Il y a au fond des cœurs
les plus corrompus une voix qui parle
toujours pour elle, & que les honnêtes-gens entendent avec d'autant
plus de plaifir, qu'ils y trouvent une
preuve de leur perfection.

Auffi les grands Poëtes n'ont-ils
jamais prétendu que leurs Ouvrages,
le fruit de tant de veilles & de travaux, fuffent uniquement deftinés à
amufer la légéreté d'un efprit vain,
ou à réveiller l'affoupiffement d'un
Midas defœuvré. Si c'eût été leur

K iv

but, feroient-ils de grands Hommes?

On doit avoir une bien autre idée de leurs vues. Les Poëfies Tragiques & Comiques des Anciens, étoient des exemples de la vengeance terrible des Dieux, ou de la jufte cenfure des hommes. Elles faifoient comprendre aux Spectateurs que, pour éviter l'une & l'autre, il falloit non feulement paroître bon, mais l'être en effet.

Les Poëfies d'Homere & de Virgile ne font point de vains Romans, où l'efprit s'égare au gré d'une folle imagination. Au contraire, on doit les regarder comme de grands corps de doctrine, comme de ces Livres de Nation, qui contiennent l'hiftoire de l'Etat, l'efprit du Gouvernement, les principes fondamentaux de la morale, les dogmes de la Religion, tous les devoirs de la fociété : & tout cela, revêtu de ce que l'expreffion & l'art ont pu fournir de plus grand,

de plus riche , & de plus touchant à
des Génies presque divins.

L'Iliade & l'Eneïde font autant
les tableaux des nations Grecque &
Romaine, que l'Avare de Moliere
est celui de l'avarice. Et de même
que la fable de cette Comédie n'est
qu'un canevas préparé pour recevoir, avec un certain ordre , quantité de traits véritables pris dans la
société : de même aussi la colere
d'Achille, & l'établissement d'Enée
en Italie, ne doivent être considérés que comme la toile d'un grand
& magnifique tableau , où on a eu
l'art de peindre des mœurs, des usa-
ges, des loix, des conseils, &c. dé-
guisés tantôt en allégories , tantôt
en prédictions, quelquefois exposés
ouvertement : mais en changeant
quelqu'une des circonstances, comme le lieu, le tems, l'Acteur, pour
rendre la chose plus piquante , &
donner au Lecteur le plaisir de cher-

cher un moment, & de croire que ce n'eſt qu'à lui-même qu'il eſt redevable de ſon inſtruction.

Anacréon, qui étoit ſavant dans l'Art de plaire, & qui paroît n'avoir jamais eu d'autre but, n'ignoroit pas combien il eſt important de mêler l'utile à l'agréable. Les autres Poëtes jettent des roſes ſur leurs préceptes, pour en cacher la dureté. Lui, par un rafinement de délicateſſe, mettoit des leçons au milieu de ſes roſes. Il ſavoit que les plus belles images, quand elles ne nous apprennent rien, ont une certaine fadeur, qui laiſſe après elle le dégoût : qu'il faut quelque choſe de ſolide pour leur donner cette force, cette pointe qui pénétre : & enfin, que ſi la ſageſſe a beſoin d'être égayée par un peu de folie; la folie, à ſon tour, doit être aſſaiſonnée d'un peu de ſageſſe. Qu'on liſe l'*Amour piqué par une abeille*, *Mars percé d'une flêche de l'Amour , Cupidon enchaîné par les Muses ,* on sent bien que le Poëte n'a point fait ces images pour instruire : il y a mis de l'instruction pour plaire. Virgile est assurément plus grand Poëte qu'Horace. Ses tableaux sont plus beaux & plus riches. Sa versification est admirable. Cependant nous lisons beaucoup plus Horace. La principale raison est, qu'il a le mérite d'être aujourd'hui plus instructif pour nous, que Virgile, qui, peut-être l'étoit plus que lui autrefois pour les Romains.

Ce n'est pas cependant que la Poësie ne puisse se prêter à un aimable badinage. Les Muses sont riantes, & furent toujours amies des Graces. Mais les petits Poëmes sont plutôt pour elles des délassemens , que des Ouvrages. Elles doivent d'autres services aux hommes , dont la vie ne doit pas être un amusement

perpétuel. Et l'exemple de la Nature, qu'elles se proposent pour modéle, leur apprend à ne rien faire de
considérable, sans un dessein sage,
& qui tende à la perfection de ceux
pour qui elles travaillent. Ainsi de
même qu'elles imitent la Nature
dans ses principes, dans ses goûts,
dans ses mouvemens : elles doivent
aussi l'imiter dans les vues, & dans
la fin qu'elle se propose.

II. REGLE.

Qu'il y ait une action dans un Poëme.

Les choses sans vie peuvent entrer dans la Poësie. Il n'y a point de
doute. Elles y sont même aussi essen-
tielles, que dans la Nature. Mais elles
ne doivent y être que comme accef-
soires, & dépendantes d'autres choses plus propres à toucher. Telles
sont les actions, qui étant tout à la

fois l'ouvrage de l'esprit de l'homme, de sa volonté, de sa liberté, de ses passions, sont comme un tableau abregé de la nature humaine.

C'est pour cela que les grands Peintres ne manquent jamais de jetter dans les paysages les plus nuds, quelques traces d'humanité : ne fut-ce qu'un tombeau antique, quelques ruines d'un vieil édifice. La grande raison, c'est qu'ils peignent pour les hommes.

Toute action est un mouvement : par conséquent suppose un point d'où l'on part, un autre où l'on veut arriver, & une route pour y arriver : deux extrêmes & un milieu : trois parties, qui peuvent donner à un Poëme une juste étendue, selon son genre, pour exercer assez l'esprit, & ne pas l'exercer trop. (*a*)

La premiere partie ne suppose rien avant elle ; mais elle exige quelque

(*a*) Voyez le chap. 3. de la 2. part.

chose après : c'est ce qu'Ariftote appelle le commencement. La feconde
fuppofe quelque chofe avant elle ,
& exige quelque chofe après : c'eft
le milieu. La troifiéme fuppofe quelque chofe auparavant, & ne demande rien après : c'eft la fin. Une entreprife, des obftacles , le fuccès malgré les obftacles. Voilà les trois parties d'une action intéreffante par
elle-même. Voilà la raifon d'un prologue, ou expofition du fujet, d'un
nœud, & d'un dénouement. C'eft la
mefure ordinaire des forces de notre
efprit, & la fource des fentimens
agréables.

III. REGLE.

L'action doit être finguliere , une,
fimple , variée.

Pour ne nous offrir que des actions ordinaires, il n'étoit point néceffaire que le Génie appellât la Poë-

fie au fecours de la Nature. Toute
notre vie n'eft qu'action : toute la
fociété n'eft qu'un mouvement con-
tinuel de perfonnes, qui fe remuent
pour quelque fin.

Ainfi, fi la Poëfie veut nous atti-
rer, nous toucher, nous fixer ; il faut
qu'elle nous préfente une action extraordinaire, entre mille qui ne le
font point.

La fingularité confifte, ou dans
la chofe même qui fe fait ; comme
quand Augufte dans Corneille déli-
bere avec Cinna & Maxime, tous
deux conjurés contre lui, s'il quit-
tera l'Empire : ou dans les refforts
qu'on employe pour arriver à fon
but ; comme quand le même Augufte pardonne à fes ennemis pour
les défarmer. Ces refforts font de
grandes vertus, ou de grands vices,
une fineffe d'efprit, une étendue de
génie extraordinaire, qui fait prendre aux évènemens un tour tout-à-

fait différent de celui qu'on devoit
attendre. Cette singularité nous pi-
que, & nous attache, parce qu'elle
nous donne des impressions nouvelles, & qu'elle étend la sphère de nos
idées.

Ce n'est pas assez qu'une action
soit singuliere, le Goût demande encore d'autres qualités. Si les ressorts
sont trop compliqués, comme dans
Heraclius, l'intrigue nous fatigue.
D'un autre côté, s'ils sont trop sim-
ples, l'esprit languit, faute de mouvement : comme dans la Berenice
de Racine. Il faut donc que l'action
soit simple, & en même-tems qu'elle
ne le soit pas trop. Si les situations,
les caracteres, les intérêts avoient
trop de conformité, ils causeroient
le dégoût : d'un autre côté, si l'action étoit traversée par un incident
absolument étranger, ou mal cousu
avec le reste, fut-il un lambeau de
pourpre ; le plaisir feroit moins vif.

L'ame

L'ame une fois mife en mouvement, n'aime point à être arrêtée mal-à-propos, ni éloignée de fon but. Il faut donc que l'action foit en même-tems variée, & une, c'eft-à-dire, que toutes fes parties, quoique différentes entre elles, s'embraffent mutuellement, pour compofer un tout qui paroiffe naturel.

Ces qualités fe trouveroient dans une action hiftorique, fi on la fuppofoit avec toute fa perfection poffible; mais comme ces actions ne fe trouvent prefque jamais dans la Nature, il étoit réfervé à la Poëfie de nous en donner le fpectacle & le plaifir.

IV. REGLE.

Touchant les caracteres, la conduite & le nombre des Acteurs.

Il y a dans la Nature, ou dans la fociété commune, ce qui eft ici

L

la même chofe , des actions où les
Acteurs font multipliés fans befoin.
Ils s'embarraffent plus qu'ils ne s'en-
traident : ils agiffent fans concert :
leurs caracteres font mal décidés ,
ou plutôt ils n'en ont point : leurs
opérations font lentes & ennuyeu-
fes : leurs penfées communes & fauf-
fes : leurs difcours impropres , ou
foibles , ou remplis d'inutilités. De
forte que fi c'eft un Tout , c'eft un
Tout bizarre , irrégulier , informe,
où la Nature eft plutôt défigurée ,
qu'embellie. Que diroit-on d'un
Peintre qui repréfenteroit les hommes, petits , maigres , boffus , boi-
teux , &c. comme ils font fouvent
dans la Nature.

Les prémiers Artiftes eurent befoin de la raifon des contraires pour
tirer de tant de défauts, les principes
du beau , de l'ordre , du grand , du
touchant : & peut-être qu'il leur fut
plus aifé de procéder par cette mé-

thode, que par le choix du meilleur : nous fentons plus diftinctement le mauvais que le bon.

En conféquence de ces obferva-tions, il a été décidé, 1°. que le nom-bre des Acteurs feroit réglé fur le be-foin, je ne dis pas de la piéce, mais de l'action. (*a*) Le befoin de la piéce eft fouvent celui du Poëte, qui, pour remplir un vuide, ou écarter un obftacle, fait paroître ou difpa-roître un Acteur, fans que la vrai-femblance de l'action l'éxige. C'eft Virgile qui fait emporter Creüfe par un prodige, pour donner lieu à un fecond hymen, fans lequel tomboit tout l'édifice de fon poëme. C'eft quelque Poëte moderne, qui, pour

(*a*) Pour faire fentir la différence qu'il y a entre le befoin de la Piéce & le befoin de l'Action, il fuffit de jetter les yeux fur les Horaces de Corneille. Le befoin de l'Action fe bornoit à trois Ac-tes, ou à quatre tout au plus ; & le befoin de la Piéce a conduit le Poëte jufqu'à cinq.

L ij

éviter de trop longs ou de trop fré-
quens monologues, introduit tantôt un confident inutile au mouvement de l'action, tantôt une autre
petite action épifodique, pour ra-
mener ou attendre les Acteurs de
l'action principale, dont l'intérêt fe
trouve ainfi partagé, & par conféquent affoibli.

2°. Les Acteurs auront des caracteres marqués, qui feront le principe de tous leurs mouvemens : vertus ou vices, il n'importe à la Poëfie. Agamemnon fera orgueilleux,
Achille fier, Ulyffe prudent ; & s'ils
péchent, ce fera plutôt par excès,
que par défaut. Agamemnon ira jufqu'à l'outrage ; Achille, jufqu'à là
fureur ; & Ulyffe touchera prefque à
la fourberie.

3°. Ils feront ce qu'ils doivent
faire, & ne feront que ce qu'ils doivent. Il s'agiffoit d'aller à la décou-
verte dans le camp Troyen. Il falloit

y envoyer des hommes munis de prudence & de courage pour prévoir
les dangers, & se tirer de ceux qu'ils
n'auroient pas prévus. Ulysse & Dio-
mede sont choisis : l'un voit tout ce
que peut voir la prudence humaine :
l'autre exécute tout ce qu'on peut
attendre d'un courage héroïque.
Chacun fait son rôle. On reconnoît
les Acteurs à leurs actions, c'est la
belle maniere de les peindre.

4°. Enfin, les caracteres seront
contrastés : c'est-à-dire, que chacun
aura le sien, avec une différence sensible ; & qu'on les montrera, de sorte
que la comparaison les fasse sortir
mutuellement. Il y a mille exemples
du contraste dans tous les Poëtes,
& dans tous les Peintres. Ce sont
deux freres, dont l'un est trop indul-
gent, l'autre trop dur : c'est le pere
avare vis-à-vis un fils prodigue : c'est
le misantrope vis-à-vis l'homme du
monde, qui pardonne au genre hu-

main : c'est le vieux Priam aux pieds du jeune Achille, & qui lui baise les mains, teintes encore du sang de ses fils. Si les caracteres ne different point par l'espèce, ils doivent différer par les dégrés. Horace & Curiace sont deux Héros, dont le caractere est la valeur ; mais l'un est plus fier, l'autre plus humain.

CHAPITRE III.

Les regles de la Poësie du style sont renfermées dans l'imitation de la belle Nature.

LA Poësie, qu'on appelle du style, par opposition à celle des choses, qui consiste dans la création & la disposition des objets, contient quatre parties : 1°. les pensées. 2°. les mots. 3°. les tours. 4°. l'harmonie. Tout cela se trouve dans la prose même ; mais comme dans les Arts il s'agit non seulement de rendre la nature, mais de la rendre avec tous ses agrémens & ses charmes possibles ; la Poësie, pour arriver à sa fin, a été en droit d'y ajouter un dégré de perfection, qui les élevât en quelque sorte au-dessus de leur condition naturelle.

C'est pour cette raison que les pensées, les mots, les tours ont dans la Poësie une hardiesse, une liberté, une richesse qui paroîtroit excessive dans le langage ordinaire. Ce sont des comparaisons soutenues, des métaphores éclatantes, des répétitions vives, des apostrophes singulieres. C'est l'*Aurore fille du matin*, *qui ouvre les portes de l'Orient avec ses doigts de roses*. C'est un fleuve *appuyé sur son urne penchante, qui dort au bruit flatteur de son onde naissante* : ce sont les jeunes *Zephirs qui folâtrent dans les prai-*

ries émaillées, ou *les Nayades qui se jouent dans leurs palais de cryſtal*. Ce n'eſt point un repas, c'eſt une fête :

Quaſitique decent cultus magis atque colores
Inſoliti, nec erit tanto ars deprenſa pudori.

Cette licence eſt cependant réglée par les loix de l'imitation : c'eſt l'état & la ſituation de celui qui parle, qui marque le ton du diſcours :

Si dicentis erunt fortunis abſona dicta,
Romani tollent equites pediteſque cachinnum.

L'Ode même dans ſes écarts, & l'Epopée dans ſon feu, ne ſont autoriſées que par l'yvreſſe du ſentiment, ou par la force de l'inſpiration, dans leſquelles on ſuppoſe le Poëte : ſans cela, l'Art ſe feroit tort à lui-même, & la Nature ſeroit mal imitée.

Nous ne nous arrêterons pas davantage à ces trois parties de la Poëſie du ſtyle ; parce qu'il eſt aiſé de s'en former une idée juſte par la ſeule lecture des bons Poëtes : il n'en eſt pas de même de la quatriéme , qui eſt l'harmonie :

Non quivis videt immodulata poëmata judex.

L'Harmonie , en général , eſt un rapport de convenance , une eſpèce de concert de deux ou de pluſieurs choſes. Elle naît de l'ordre , & produit preſque tous les plaiſirs de l'eſprit. Son reſſort eſt d'une étendue infinie ; mais elle eſt ſur-tout l'ame des beaux Arts,

Il y a trois ſortes d'Harmonie dans la Poëſie ; la premiere eſt celle du ſtyle , qui doit s'accorder avec le ſujet qu'on traite , qui met une juſte proportion entre l'un & l'autre. Les Arts forment une eſpèce de république , où chacun doit figurer ſelon ſon état. Quelle différence entre le ton de l'Epopée , & celui de la Tragédie ! Parcourez toutes les autres

efpèces, la Comédie , la Poëfie lyrique , la Paftorale , &c. vous fen-
tirez toujours cette différence. (*a*)

Si cette Harmonie manque à quelque Poëme que ce foit , il devient
une mafcarade : c'eft une forte de
grotefque qui tient de la parodie.
Et fi quelquefois la Tragédie s'ab-
baiffe , ou la Comédie s'éleve ; c'eft
pour fe mettre au niveau de leur
matiere , qui varie de tems en tems ;
& l'objection même fe tourne en
preuve du principe.

Cette Harmonie eft effentielle :
mais on ne peut que la fentir , &
malheureufement les Auteurs ne la
fentent pas toujours affez. Souvent
les genres font confondus. On trouve dans le même ouvrage des vers

(a) *Itaque & in tra-*
gœdiâ comicum vitio-
fum eft, & in comœdiâ
turpe tragicum, & in
cæteris fuis eft cujuf-
que certus fonus, &
quædam intelligentibus
nota vox. Cic. de in-
vent. cap. 2.

tragiques, lyriques, comiques, qui ne font nullement autorifés par la penfée qu'ils renferment. Pourquoi donc vous mêlez vous de peindre, puifque vous n'entendez rien au coloris?

Defcriptas fervare vices operumque colores
Cur ego fi nequeo ignoroque, Poeta falutor.

Une oreille délicate reconnoît prefque par le caractère feul du vers, le genre de la piece dont il eft tiré. Citez-nous Corneille, Moliere, la Fontaine, Segrais, Rouffeau, on ne s'y méprend pas. Un vers d'Ovide fe reconnoît entre mille de Virgile. Il n'eft pas néceffaire de nommer les Auteurs : on les reconnoît à leur ftyle, comme les Héros d'Homere à leurs actions.

La feconde forte d'Harmonie confifte dans le rapport des fons & des mots avec l'objet de la penfée. Les Ecrivains en profe même doivent

s'en faire une régle : à plus forte raifon (*a*) les Poëtes doivent-ils l'obfer-
ver ! Auffi ne les voit-on pas exprimer par des mots rudes, ce qui eft
doux ; ni par des mots gracieux, ce
qui eft défagréable & dur :

Carmine non levi dicenda eft fcabra crepido.

Rarement chez eux l'oreille eft en
contradiction avec l'efprit.

La troifiéme efpèce d'Harmonie
dans la Poëfie peut être appellée artificielle , par oppofition aux deux
autres qui font naturelles au difcours & qui appartiennent également à la Poëfie & à la Profe. Celle-
ci confifte dans un certain Art, qui,
outre le choix des expreffions & des
fons par rapport à leur fens, les af-
fortit entr'eux de maniere, que toutes

(a) *Aures, vel animus* | *longiora & breviora ju-*
aurium nuncio, natura- | *dicat. . . . Mutila fentit*
lem quandam in fe con- | *quædam quafi decurta-*
tinet vocum omnium | *ta, &c.* Cic. in ora-
menfionem. Itaque & | tore.

les fyllabes d'un vers, prifes enfemble , produifent par leur fon, leur
nombre , leur quantité , une autre
forte d'expreffion qui ajoute encore
à la fignification naturelle des mots.

Chaque chofe a fa marche dans
l'Univers. Il y a des mouvemens qui
font graves & majeftueux : il y en a
qui font vifs & rapides : il y en a
qui font fimples & doux. De même,
la Poëfie a des marches de différentes
efpèces, pour imiter ces mouvemens,
& peindre à l'oreille par une forte
de mélodie, ce qu'elle peint à l'efprit
par les mots. C'eft une efpèce de
chant muficale, qui porte le caractère
non-feulement du fujet en général ,
mais de chaque objet en particulier.
Cette Harmonie n'appartient qu'à la
Poëfie feule : & c'eft le point exquis
de la verfification.

Qu'on ouvre Homere & Virgile ,
on y trouvera prefque partout une
expreffion muficale de la plûpart des

objets. Virgile ne l'a jamais manquée? on la sent chez lui, lors même qu'on ne peut dire en quoi elle consiste. Souvent elle est si sensible qu'elle frappe les oreilles les moins attentives :

Continuo ventis surgentibus , aut freta ponti
Incipiunt agitata tumescere , & aridus altis
Montibus audiri fragor , aut resonantia longè
Littora misceri , & nemorum increbrescere
    murmur.

Et dans l'Eneïde, en parlant du trait foible que lance le vieux Priam :

Sic fatus senior : telumque imbelle sine ictu
Conjecit , rauco quod protinus ære repulsum
Et summo clypei nequicquam umbone pe-
    pendit.

Je ne puis omettre cet exemple tiré d'Horace :

Quâ pinus ingens , albaque populus
Umbram hospitalem consociare amant
    Ramis , & obliquo laborat
      Limpha fugax trepidare rivo.

Au reste, s'il y a des gens à qui la Nature a refusé le plaisir des oreilles, ce n'est point pour eux que ces remarques ont été faites. On pourroit leur citer les autorités des Grecs & des Latins, qui sont entrés dans le plus grand détail par rapport à l'harmonie du langage ; (*a*) mais je me bornerai à celle de Vida ; d'autant plus, qu'il donne en même-tems le précepte & l'exemple :

Haud satis est illis (poëtis) utcumque claudere
*   versum ,*
Et res verborum propriâ vi reddere claras.
Omnia sed numeris vocum concordibus aptant ;
Atque sono quacunque canunt imitantur, &
*   apta*
Verborum facie , & quæsito carminis ore.
Nam diversa opus est veluti dare versibus ora

(*a*) Voyez Ciceron dans son Orateur & dans son dernier Liv. de Orat. Denis d'Halicarnasse dans son traité de l'Arrangement des mots. Quintilien liv. 9. & Vossius dans ses Institutions Oratoires, & dans son traité de la Grammaire.

Diverfofque habitus : ne qualis primus & alter ;
Talis & inde alter vultuque incedat eodem.
Hic melior motuque pedum & pernicibus alis ,
Molle viam tacito lapfu per levia radit.
Ille autem membris ac mole ignavius ingens
Incedit tardo molimine fubfidendo.
Ecce aliquis fubit egregio pulcherrimus ore ,
Cui latum membris Venus omnibus afflat ho-
  norem.
Contra alius rudis informes oftendit & artus ,
Hirfutumque fupercilium , ac caudam finuofam ,
Ingratus vifu fonitu illætabilis ipfo :
Nec verò hæ fine lege datæ , fine mente figura
Sed facies fua pro meritis , habitufque fonuf-
  que
Cunctis cuique fuus vocum difcrimine certo, &c.

La fuite en eft auffi agréable qu'in-
ftructive , & elle forme pour nous
une preuve fans réplique.

Telle eft l'harmonie qui régne
dans les Poëtes Grecs & Latins.

Cette harmonie peut-elle fe trouver dans nos Poëtes ? Il y a une opinion établie en faveur des Anciens
                                    &

& entierement contraire aux Modernes. Voyons fur quoi elle eft fondée, & fuppofé qu'elle foit injufte,
ofons prendre modeftement ce qui
nous appartient.

Les Langues ne fe font point faites
par fyftême : & dès qu'elles ont leur
fource dans la nature même des
hommes, il eft néceffaire qu'elles fe
reffemblent toutes par bien des endroits.

Si c'eft la Mefure qui produit l'harmonie dans les Vers latins ; nous
avons le même avantage dans les nôtres. L'Alexandrin a douze tems, de
même que l'Hexametre des Latins.
Le vers de dix fyllabes en a dix, de
même que le Pentametre. Nous
avons ceux de huit & de fept : nous
en avons au befoin de plus petits,
qui répondent au vers Gliconique
& Adonique, & qui fe prêtent à la
Mufique auffi bien qu'eux.

Si c'eft le fon même des mots &

M

des fyllabes dont les vers font compofés : n'avons-nous pas auffi bien
que les Anciens des fons, graves &
aigus, doux & rudes, éclatans &
fourds, fimples, nombreux, majeftueux ? Cela n'a pas befoin de
preuves. Y a-t'il moins d'harmonie
dans quelques-uns de nos bons Ecrivains en profe, que dans les Orateurs & dans les Hiftoriens Grecs
ou Latins !

Ce font les brèves, dira-t'on,
& les longues qu'avoient les Latins,
& que nous n'avons pas. Il eft vrai
que nous faifons prefque toutes nos
fyllabes égales dans la converfation.
Cependant, fi on y prend garde, on
trouvera que, fuppofé même que
nous les faffions toutes brèves dans
le difcours familier, il y en a au
moins que nous faifons plus brèves;
& en comparaifon defquelles les
autres font longues. Et il y a apparence que les Latins en ufoient à peu

près de même que nous, dans l'usage ordinaire des conversations. Et si dans la prononciation soutenue, ils marquoient davantage les longues & les brèves ; nous ne le faisons pas moins qu'eux. M. l'Abbé d'Olivet l'a démontré dans son Traité de la Profodie Françoise. Il ne faut que lire avec quelque attention pour s'en convaincre. Nous avons des longues, des plus longues , des brèves , des plus brèves , & des muettes qui font très-brèves , dont le mélange peut produire & produit réellement, dans les bons Versificateurs, le même effet pour une oreille attentive & exercée, que dans la versification latine. On en peut juger par quelques vers qui suivent , & qu'on regarderoit peut-être dans les Anciens comme des exemples frappans de l'harmonie poëtique :

Cadences marquées pour l'Imitation.

Ses murs dont le sommet se dérobe à la vûe.

Sur la cime d'un roc s'allongent dans la nue...

Ses ais demi pourris que l'âge a relâchés,

Sont à coups de maillets unis & rapprochés.

Sous les coups redoublés tous les bancs reten-
tiffent.

Les murs en font émus, les voutes en mu-
giffent.

Et l'orgue même en pouffe un long gémif-
fement.

Que fais-tu Chantre hélas ! dans ce trifte
moment.

Tu dors d'un profond fomme :

On admire le *procumbit* de Virgile,
cette chute eft-elle moins heureufe ?

Sa croupe fe recourbe en replis tortueux. *Rac.*

Un jour fur fes longs pieds alloit je ne fais où,

Un Heron au long bec emmanché d'un long
cou :

Il côtoyoit une riviere. *La Font.*

Cadence preffée.

Le Prélat & fa troupe à pas tumultueux. ...

Le Prélat hors du lit, impétueux s'élance. *Boil.*

Cadence douce.

Il eſt un heureux choix de ſons harmonieux *B.*
Source délicieuſe en miſère féconde.   *Corn.*

Cadence dure.

Gardez qu'une voyelle à courir trop hâtée
Ne ſoit d'une voyelle en ſon chemin heurtée...
D'une ſubite horreur ſes cheveux ſe hériſſent.

Cadence grave.

Quatre bœufs attelés d'un pas tranquille & lent
Promenoient dans Paris le Monarque indolent.
Tracât à pas tardifs un pénible ſillon. *Boil.*

Cadence legere.

Tient un verre de vin qui rit dans la fougere...
Il fait jaillir un feu qui petille en ſortant . . .
Qu'à ſon gré déſormais la fortune me joue,
On me verra dormir au branle de ſa roue.

Cette cadence ſi marquée ne ſe ſoutient pas toujours dans nos meilleurs
Verſificateurs, il eſt vrai : mais ſe
ſoutient-elle davantage dans les Latins ? Ils ſe font un plaiſir, de même

que nous d'exprimer avec foin certaines penfées auxquelles les mots
de leur langue paroiffent fe prêter
de meilleure grace ; mais dans les
autres occafions , ils fe contentent
d'une cadence fimple & ordinaire ,
qui confifte à rendre le vers coulant,
& à écarter avec foin tout ce qui
pourroit choquer une oreille délicate.

Quand on dit que les Verfifica-
teurs fe font un plaifir de faire certaines cadences plus fenfibles ; ce
n'eft pas qu'on veuille dire que Defpréaux , Racine, ni les autres, ayent
compté , pefé, & mefuré chacune
de leurs fyllabes. ,, Je ne les en foup-
,, çonne pas, dit M. l'Abbé d'Olivet,
,, non plus qu'Homere ni Virgile ,
,, quoique leurs Interpretes foient en
,, poffeffion de le dire. Mais ce que
,, je croirois volontiers, c'eft que la
,, Nature , quand elle a formé un
,, grand Poëte, le dirige par des ref-

„ forts cachés, qui le rendent docile
„ à un Art dont il ne fe doute point ;
„ comme elle apprend au petit en-
„ fant du Laboureur, fur quel ton il
„ doit prier , appeller , careffer , fe
„ plaindre.

C'eft par cet inftinct que nos Poëtes lyriques employent à propos les
grands & les petits vers , qui font le
même effet , & peut-être plus heureufement & plus conftamment que
dans le Latin. Le grand vers a plus
de majefté : le petit a ordinairement
plus de feu ou de douceur. Qu'on
faffe attention à l'ufage que nos
Poëtes lyriques en ont fçu faire :

Ont-ils rendu l'efprit , ce n'eft plus que pouf-
    fiere
Que cette Majefté fi pompeufe & fi fiere
Dont l'éclat orgueilleux étonnoit l'Univers ,
Et dans ces grands tombeaux où leurs ames
    hautaines
       Font encore les vaines ,
       Ils font mangés des vers. *Malherbe.*

Et Rouffeau :

Conti n'eft plus : ô Ciel ! fes vertus , fon cou-
rage ,
La fublime valeur , le zèle pour fon Roi
N'ont pu le garantir au milieu de fon âge
De la commune Loi.
Il n'eft plus : & les Dieux en des tems fi fu-
neftes
N'ont fait que le montrer aux regards des
mortels.
Soumettons nous : allons porter ces triftes reftes
Au pied de leurs Autels.
Elevons à fa cendre un monument celebre ,
Que le jour de la nuit emprunte les couleurs :
Soupirons , gémiffons fur ce tombeau funebre
Arrofé de nos pleurs. (*a*)

Il faut fe fouvenir de ces vers de
M. de la Mothe.

♦

(*a*) On vante ce vers de Virgile, à cau- | fe du verbe rejetté à l'autre vers :

*Extinctum Nymphæ crudeli funere Daphnim
Flebant.*

Les vers font enfans de la Lyre :
On doit les chanter , non les lire.
A peine aujourd'hui les lit-on.

Examinons maintenant fi c'étoit un avantage pour la Poëfie des Anciens , que les pieds fuffent mefurés & réglés pour chaque efpèce de vers : Car dans les langues modernes ils ne le font point. Et lorfque les dactyles & les fpondées font employés; ce n'eft point la loi du vers , mais le goût de l'oreille qui l'ordonne.

Il eft certain que dans ce vers : *Nemorum increbrefcere murmur*, ce n'eft point le dactyle , mais le fon même des fyllabes qui en fait la beauté harmonique. Portez le dactyle fur d'autres mots : *quatit ungula campum* , ce n'eft plus l'orage qui frémit. Ce ne font point non plus les brèves qui expriment mieux que les longues : *murmur* eft auffi expreffif que *increbrefcere.*

D'ailleurs fi le dactyle & les autres pieds produifoient l'harmonie
du vers ; comme il paroît certain
que cette harmonie n'eft qu'un concert des fons avec la penfée qu'ils
expriment, (à moins qu'on ne veuille
dire que des fons rapides expriment
bien ce qui eft lent) il s'enfuivroit
que c'étoit un inconvénient dans la
poëfie des Latins, que d'y avoir réglé la place des brèves & des longues:
& qu'il devoit en réfulter néceffairement autant de défauts que de
beautés. Si ce n'eft encore, qu'on
prétende que la penfée pouvoit être
chez eux toujours conforme à la
marche réglée de la Verfification.

Je fuppofe, par exemple, une
piéce en vers Alcaïques ou Afcle-
piades, dont toutes les fyllabes font
réglées : fi on veut que la beauté
harmonique qui réfulte de l'accord
des fons avec la penfée, s'y trouve
d'un bout à l'autre ; il eft néceffaire

que le même caractère des objets y
régne du commencement à la fin : &
fi elle ne s'y trouve point dans quelques endroits ; c'eſt un défaut, par
la raiſon que c'eſt une beauté dans
ceux où elle ſe trouve.

Les Grecs & les Latins ont ſi bien
ſenti cette difficulté, que dans les
Ouvrages de longue haleine, ils ont
réglé plutot les tems que les pieds.
Dans les vers hexametres, de ſix
pieds, il y en a quatre qui font libres.
Et c'eſt de cette liberté que ce vers
tire preſque toutes les beautés qu'il
a, du côté des longues & des brèves :
& la contrainte du cinquiéme & du
ſixiéme pourroit bien n'être qu'une
beauté arbitraire, qu'une eſpece de
rime de quantité, qui répond à la
rime de ſons, dans nos vers François. De ſorte que dans les vers hé-
xametres & alexandrins, les choſes
font à peu près égales : & que dans
les Lyriques, les Grecs & les Latins

avoient peut-être moins d'avantage
que nous n'en avons.

Me permettra-t'on de le dire pour
nous juſtifier en quelque ſorte ? L'o-
reille a ſes préjugés auſſi-bien que
l'eſprit. Et pour peu que l'habitude
s'y mêle , l'erreur a autant de crédit qu'une vérité démontrée.

La premiere fois qu'on nous par-
la d'harmonie ; ce fut à propos de
vers latins. On nous fit connoître
les pieds : enſuite on nous fit ſcander :

*Quadrupedante putrem ſonitu quatit ungulæ
campum.*

Et pour nous en faire mieux ſentir
la cadence , on la compara avec
celle-ci :

Olli inter ſeſe magna vi brachia tollunt.

Et on nous fit entendre que les vers
étoient plus ou moins harmonieux,
ſelon qu'ils approchoient plus ou
moins , de ce caraċtère muſical ,

qui a tant de rapport avec l'objet
de la penſée. On nous laiſſa croire
en même-tems , que cette beauté
venoit des dactyles & des ſpondées,
plutôt que des longues & des brèves. Aſſez long-tems après , quand
nous entrâmes dans nos Poëtes,
ſans nous être préparés à cette lecture par aucune réflexion ſur les
loix de notre Grammaire ni ſur le
génie de notre Langue ; ne voyant
plus ni dactyles ni ſpondées , ne
ſoupçonnant même ni longues ni
brèves ; il n'eſt point étonnant que
nous ayons fait & que nous faſſions
encore ſi peu de cas de notre bien,
que nous ne connoiſſons pas ; & que
nous eſtimions tant celui des étran-
gers, dont nous nous ſommes nour-
ris uniquement, & occupés depuis
notre enfance. Il étoit bien permis
d'avoir ces idées dans le tems de la
renaiſſance des Lettres ; lorſque la
Langue Françoiſe étoit encore in-

forme. Mais aujourd'hui qu'elle eſt
devenue une des plus polies & des
plus belles Langues du Monde ; &
qu'elle a produit des chef-d'œuvres
dans tous les genres ; cette queſtion
mérite au moins d'être examinée ;
& c'eſt être doublement injuſte , que
de décider pour la négative , ſans y
avoir auparavant murement réfléchi.

Il reſte une objection à réſoudre :
Quand le vers François auroit ,
dit-on , les longues & les brèves
comme le Latin , il ne pourroit les
faire ſentir dans la prononciation :
parce que , ayant autant de ſyllabes
que de tems , douze ſyllables par
exemple , pour douze tems dans le
vers alexandrin ; il faudroit ou prononcer toutes les ſyllabes égales , ou
ſi on les prononce inégales , la régle
du mouvement ſera rompue.

Il y a un milieu qui réſout la difficulté : C'eſt qu'il ſe fait , en prononçant réguliérement , une com-

penſation entre les brèves & les longues. Comme nous avons des ſyllabes longues , & de très-longues ,
des brèves & de très-brèves ; les longues , ſur leſquelles on appuye en
prononçant , portent une partie de
la durée des brèves. Et afin que cette
compenſation , ſe faſſe à peu près
dans le lieu où doit être la meſure
du tems ; on a voulu que dans les
grands vers , il y eût un hemiſtiche ,
lequel ſéparât en quelque ſorte les
intérêts communs des ſix premiers
tems ; de peur qu'ils ne fuſſent confondus avec ceux des ſix autres. Et
par là on a trouvé le moyen de con-
ſerver la meſure du vers , & la quantité ſyllabique , ſans que l'un faſſe
le moindre tort à l'autre.

Je me garderai bien de croire , que
tout ce que je viens de dire , ſoit ſans
difficulté pour bien des perſonnes :
mais au moins , ſi on veut ſe donner
la peine d'y faire attention ; je puis

aſſurer que ce ne ſera qu'à l'avantage
& à la gloire d'une langue que
nous devons aimer, nous ſur tout,
puiſqu'elle fait les délices des autres
Peuples.

Paſſons maintenant aux régles
particulieres de chaque eſpèce de
Poëſie.

CHAPITRE IV.

L'Epopée a toutes ſes régles dans l'Imitation.

LE terme d'*Epopée* pris dans ſa
plus grande étendue convient à tout
récit poëtique : & par conſéquent
à la plus petite Fable d'Eſope, ἔπος
ſignifie *récit*, & ποιἕω, *faire*, *feindre*,
créer.

Mais ſelon la ſignification ordinaire, & qui eſt établie par l'uſage ;
il ne ſe donne qu'au récit poëtique
de

de quelque grande action, qui intéreffe toute une Nation, ou même
tout le Genre humain. Les Homeres
& les Virgiles en ont fixé l'idée,
jufqu'à ce qu'il vienne des modéles
plus accomplis.

L'Epopée eſt le plus grand ouvrage que puiſſe entreprendre l'eſprit
humain. C'eſt une eſpèce de création qui demande en quelque forte
un Génie tout-puiſſant. On embraſſe
dans la même action tout l'Univers :
le Ciel qui régle les deſtins, & la
Terre où ils s'exécutent.

On peut la définir : Un récit en
vers d'une action vraiſemblable, héroïque, & merveilleuſe. On trouve
dans ce peu de mots, la différence
de l'Epopée avec le Romaneſque,
qui eſt au-delà du vraiſemblable ;
avec l'Hiſtoire, qui ne va pas juſqu'au merveilleux ; avec le Dramatique, qui n'eſt pas un récit ; avec
les autres petits Poëmes, dont les

N

sujets ne sont pas héroïques.

Il s'agit de trouver toutes les régles de chacune des ces parties dans
l'imitation.

Le merveilleux, qui paroît le plus
éloigné de ce principe, consiste à
dévoiler tous les ressorts inconnus
des grandes opérations. Le Poëte
n'a pour cela d'autre moyen que le
vraisemblable. C'est ici sa régle,
comme ailleurs : & le Lecteur intelligent ne manque point de l'y ra-
mener, quand il s'en écarte.

Tous les hommes sont naturellement convaincus qu'il y a une Divinité qui régle leur sort. C'est de cette
conviction que part le Poëte, homme
comme nous, ayant les germes des
mêmes idées que nous. Il se déclare
inspiré par un Génie, qui assiste au
conseil des Dieux ; où il a vu le principe & les causes secretes des choses,
que les hommes ne connoissent que
quand elles sont arrivées.

Voilà donc deux moyens de nous faire croire le Merveilleux qu'il nous annonce : le premier, c'est qu'il nous présente des choses qui reſſemblent à celles que nous croyons. Le ſecond, qu'il nous les dit d'un ton d'autorité & de révélation. Le ton d'Oracle m'ébranle, & la vraiſemblance des choſes me convainc. J'entends une voix ſublime : je ſens un feu divin qui m'embraſe : je reconnois les idées que j'ai de la conduite de la divinité par rapport aux hommes : je vois outre cela des Héros, des actions, des mœurs peintes ſous des traits que je connois : j'oublie la fiction, je l'embraſſe comme la vérité, j'aime tous ces objets : s'ils n'exiſtent point, ils méritent d'exiſter : & la Nature y gagneroit ; ſi elle étoit auſſi belle que l'Art. Ainſi je crois volontiers que c'eſt la Nature elle-même : & ne puis-je pas dire que c'eſt elle, puiſque je le crois ?

N ij

En effet ce Merveilleux plairoit-il, s'il n'étoit point conforme au vrai & qu'il ne fût que l'ouvrage d'une imagination égarée ? *Rien n'eſt beau que le vrai.* Homere m'enchante, mais ce n'eſt point quand il me montre un fleuve qui ſort de ſon lit pour courir après un homme, & que Vulcain accourt en feu pour forcer ce fleuve à rentrer dans ſes bords. J'admire Virgile, mais je n'aime point ces Vaiſſeaux changés en Nymphes. Qu'ai-je affaire de cette Forêt enchantée du Taſſe, des Hippogriffes de l'Arioſte, de la Génération du Péché mortel dans Milton ? Tout ce qu'on me préſente avec ces traits outrés & hors de la Nature, mon eſprit le rejette : *incredulus odi.* La Nature n'a pas guidé le pinceau.

Cependant j'aimerois mieux ces écarts, pourvu qu'ils fuſſent d'un moment ; que la retenue toujours glacée, & la triſte ſageſſe d'un Auteur

qui n'abandonne jamais le rivage &
qui y échoue par timidité. *Est quodam
prodire tenùs , si non datur ultrà.*
Quand on a lu les chef-d'œuvres
de la Muse épique ; chacun , selon
sa portée, a senti un dégré de sentiment, au-dessous de quoi tout ce
qui reste, est censé médiocre ; parce
qu'il ne remplit pas la mesure, je ne
dis pas du parfait, qui n'a peut-être
jamais existé, mais de ce qui nous
en tient lieu, eu égard à notre expérience.

L'Epopée doit donc être merveil-
leuse : puisque les modéles de la
Poësie épique nous ont émus par ce
ressort. Mais comme ce Merveilleux
doit être en même-tems vraisemblable, & que, dans cette partie comme dans les autres, le vraisemblable
& le possible ne sont point toujours
la même chose ; il faut que ce Merveilleux soit placé dans des actions
& dans des tems, où il soit en quelque sorte naturel.   N iij

Les Payens avoient un avantage :
leurs Héros étoient des enfans des
Dieux, qu'on pouvoit supposer en
relation continuelle avec ceux dont
ils tenoient la naissance. La Religion
Chrétienne interdit aux Poëtes modernes toutes ces ressources. Il n'y a
gueres que Milton, qui ait su rempla-
cer le Merveilleux de la Fable, par le
Merveilleux de la Religion Chrétienne. La scéne de son Poëme est souvent
hors du monde, & avant les tems. La
révélation lui a servi de point d'appui : & de-là, il s'est élevé dans ces fictions magnifiques, qui réunissent le
ton emphatique des Oracles, & le
sublime des vérités chrétiennes.

Mais vouloir joindre ce Merveilleux de notre Religion avec une histoire toute naturelle, qui est proche de nous : faire descendre des
Anges pour opérer des miracles,
dans une entreprise dont on sait
tous les nœuds & tous les dénoue-

mens, qui font fimples & fans myf-
teres ; c'eft tomber dans le ridicule,
qu'on n'évite point, quand on manque le merveilleux.

Pour faire un Poeme épique, il
faut donc commencer par choifir un
fujet qui puiffe porter le Merveilleux:
& ce choix fait, il faut tellement
concilier les opérations de la Divinité avec celles des Héros, que l'action paroiffe toute naturelle, & que
le fpectacle des caufes fupérieures
& celui des effets, ne faffent qu'un
Tout. L'action eft une. Ce n'eft pas
affez : il faut que les Acteurs y
jouent des rôles variés, chacun felon leur dignité, leur état, leur intérêt, leurs vues. Ce qui demande
du jugement, de l'ordre, & un Génie fécond en refforts.

Il s'agit de plaire par un naturel
bien choifi, bien ordonné, bien préfenté. Les idées que nous avons de
la Divinité guident le Poëte pour le

Merveilleux. L'Hiſtoire, la Renommée, les préjugés, les obſervations
particulieres du Poëte, ſon cœur,
pour la conduite des Héros. Tout
eſt réglé dans le Ciel : tout eſt in-
certain ſur la Terre. C'eſt un jeu de
théâtre perpétuel pour le Lecteur. (*a*)
Ajoutez à cela l'intérêt des nœuds,
& l'ignorance des moyens pour arriver au dénouement. C'eſt ſur ce plan
qu'on doit dreſſer ce qu'on appelle
la Fable, ou, ſi je l'oſe dire, *la char-
pente* de l'Epopée.

　　Pour établir l'ordre, il faut qu'il
y ait un but, où tout ſe porte comme à ſa fin. Le Pere le Boſſu prétend qu'on doit prendre une maxime importante de morale, la revêtir
d'abord d'une action chimérique,
dont les Acteurs ſoient A & B : cher-

_____

(*a*) Il y a une ſorte | paſſe, jouit de l'erreur
de Jeu de théâtre qui | ou de l'ignorance d'un
eſt, quand le Specta- | Acteur qui ne le ſait
teur, ſachant ce qui ſe | pas.

cher enfuite dans l'Hiftoire quelque
fait intéreffant, dont la vérité mife
avec le fabuleux, puiffe ajouter un
nouveau crédit à la vraifemblance ; & enfin impofer les noms aux
Acteurs, qu'on appellera, Achille,
Minerve, Tancrede, Henri le Grand.

Ce fyftême peut s'exécuter : perfonne n'en doute. De même qu'on
peut dépouiller un fait de toutes fes
circonftances, & le réduire en maxime ; on peut auffi habiller une
maxime, & la mettre en fait. Cela
fe pratique dans l'Apologue, & peut
fe pratiquer de même dans tous les
autres Poëmes. Je crois même que
ce fyftême, tout métaphyfique qu'il
eft, ne doit être ignoré d'aucun
Poëte, & qu'on peut en tirer de
grands fecours pour l'ordre & la
diftribution d'un ouvrage. Mais que
dans la pratique, il faille commencer
par le choix d'une maxime ; cela eft
d'autant moins vrai, que l'effence

de l'action ne demande qu'un but, quel qu'il soit. Ce sera, si l'on veut, de mettre un Roi sur le Trône, d'établir Enée en Italie, de gronder un Fils désobéissant. La maxime de morale ne manque point de se trouver au bout ; puisqu'elle sort naturellement de tout fait, historique ou fabuleux, allégorique ou non. (*a*)

(*a*) Il y a deux sortes d'Allégorie : l'une qu'on peut appeller Morale, & l'autre Oratoire. La premiere, cache une vérité, une maxime : tels sont les Apologues : c'est un corps qui revêt une ame : L'autre est un masque qui couvre un corps ; elle n'est point destinée à envelopper une maxime ; mais seulement une chose qu'on ne veut montrer qu'à demi, ou au travers d'une gaze. Les Orateurs & les Poëtes se servent de celle - ci quand ils veulent louer ou blâmer avec finesse. Ils changent les noms des choses, les lieux, les personnes, & laissent au Lecteur intelligent à lever l'enveloppe, & à s'instruire lui-même. La premiere espèce d'allégorie peut être mise en usage dans l'Epopée ; mais elle est, comme nous l'avons dit, peu vraisemblable & peu conforme à la nature de l'esprit humain. La seconde espèce entre avec beau-

La premiere idée qui fe préfente
à un Poëte , qui veut entreprendre
un Poëme épique , c'eſt de faire un
Ouvrage qui immortaliſe le Génie
de l'Auteur : voilà la diſpoſition du
Poëte. Elle le conduit naturellement au choix d'un ſujet qui inté-
reſſe un grand nombre d'hommes ,
& qui ſoit en même-tems ſuſceptible de toutes les grandes beautés de

coup de grace dans
un Poëme ; mais elle
n'eſt point de ſon eſ-
ſence. C'eſt un mérite
qui tient à l'Ouvrier
plutôt qu'à l'ouvrage ,
& qu'on reconnoît par
l'Hiſtoire , plutôt que
par le Poëme même.
Enée ne ſeroit pas l'i-
mage d'Auguſte , que
ſon tableau n'en ſeroit
pas en ſoi moins beau.
Tous les jours les Pein-
tres nous donnent des
portraits dans leurs ta-
bleaux d'hiſtoire. Ces
portraits font un dou-
ble plaiſir aux ſpecta-
teurs qui en connoiſ-
ſent les modéles : mais
ils ne laiſſent point
d'en faire , comme ta-
bleaux , à ceux qui ne
les connoiſſent pas ;
pourvu qu'ils expri-
ment la belle Nature.
Il en eſt de même de
l'allégorie dans l'Epo-
pée : Elle y jette un a-
grément de plus , mais
elle n'en fait point l'eſſentiel. L'épopée n'eſt
eſſentiellement, que le
récit d'une grande ac-
tion & de ſes cauſes.

l'Art. Pour dreſſer ce ſujet, & le ré-
diger en un ſeul corps, il fàit comme les hommes qui agiſſent : il ſe
propoſe un but, où aillent toutes les
parties de ſon ouvrage, & tous les
mouvemens de ſon Action. Ce but
fera, ſi on veut, une maxime importante ; mais beaucoup mieux, un
événement extraordinaire, dont,
par réflexion, on tirera une maxime.
Ces préparatifs étant faits :

　　Le Poëte,qui ſait que c'eſt une action qu'il va peindre, & qu'il doit la
montrer auſſi parfaite, qu'il eſt poſſible qu'elle le ſoit dans ſon genre,
fait valoir ſur ſon ſujet tous les pri-
viléges de ſon art. Il ajoute : il retranche : il tranſpoſe : il crée : il
dreſſe les machines à ſon gré : il prépare de loin des reſſorts ſecrets, des
forces mouvantes: il deſſine d'après
la belle Nature les grandes parties :
il détermine les caractères de ſes per-
ſonnages : il forme le labyrinthe de

l'intrigue : il difpofe tous fes tableaux , felon l'intérêt général de
l'ouvrage : & , conduifant fon Lecteur de merveilles en merveilles , il
lui laiffe toujours appercevoir dans
le lointain, une perfpective plus char-
mante , qui féduit fa curiofité , &
l'entraîne, malgré lui, jufqu'au dénouement & à la fin de la pièce.
Voilà, ce femble, la maniere dont
on peut dreffer la fable , ou le plan
de l'action épique.

C'eft la nature même qui propofe
ce plan. Ce font fes idées qu'on fuit.
C'eft elle qui demande, comme des
qualités effentielles, l'importance ,
l'unité , l'intégrité : c'eft elle qui
donne l'exemple du beau dans les
caracteres, dans les mœurs, & dans
les fituations : c'eft elle qui fe plaint
des défauts , & qui approuve les
beautés : elle enfin , qui eft le modèle, & le juge, ici, comme dans
tous les autres Arts.

Il eſt vrai cependant que ni l'Hiſtoire , ni la Société n'offrent point
aux yeux , des Touts ſi parfaits & ſi
achevés. Mais il ſuffit qu'elles nous
en montrent les parties, & que nous
ayons en nous-mêmes les principes
qui doivent nous guider dans la com-
poſition du Tout. L'Artiſte obſerva-
teur a deux choſes à conſidérer, nous
l'avons (a) dit, ce qui eſt hors de lui, &
ce qu'il éprouve en lui. Il a ſenti que
l'unité, la proportion, la variété, l'excellence des parties étoient la ſource
de ſon plaiſir ; c'eſt donc à l'Art à
arranger tellement les matériaux que
la Nature lui fournit , que ces qualités en réſultent ; on attend cela de
lui, & on ne le quitte pas à moins.

Nous avons dit que l'Epopée em-
ployoit deux moyens pour nous toucher : la vraiſemblance des choſes
qu'elle raconte , & le ton d'oracle
qui annonce la révélation : nous ne

(a) Voyez le chap. 4. 2. part.

nous arrêterons qu'un moment sur
ce second article.

Dans les autres Poëmes, la Poësie
du style doit être conforme à l'état
des Acteurs : dans l'Epopée elle doit
l'être à l'état du Poëte : quand il parle, c'est un esprit divin qui l'inspire :

> . . . . . . *Cui talia fanti*
> . . . *subito non vultus, non color unus,*
> *Et rabie fera corda tument, majorque videri*
> *Nec mortale sonans, afflata est numine quando*
> *Jam propriore Dei . . . Tros Anchisiade . . . .*

La Muse épique est autant dans
le Ciel que sur la Terre. Elle paroît
toute pénétrée de la Divinité ; & ne
nous parle qu'avec un enthousiasme
céleste, qui, se précipitant par les
détours d'une fiction hardie, ressemble moins au témoignage d'un Historien scrupuleux, qu'à l'extase d'un
Prophète : *Non enim res gestæ ver-*
sibus comprehendendæ sunt . . . . sed
per ambages, deorumque ministeria,
& fabulosum sententiarum tormen-

tum præcipitandus eſt liber ſpiri-
tus , ut potiùs furentis animi va-
ticinatio appareat , quam religioſæ
orationis ſub teſtibus fides. Elle appelle par leurs noms les choſes qui
n'exiſtent pas encore : *hæc tum no-*
mina erunt. Elle voit pluſieurs ſiécles
auparavant la Mer Caſpienne qui
frémit , & les ſept embouchures du
Nil qui ſe troublent dans l'attente
d'un Héros.

C'eſt pour cette raiſon que, dès le
commencement, le Poëte parle comme un homme étonné , & élevé au-
deſſus de lui-même. Son ſujet s'annonce enveloppé de ténébres myſté-
rieuſes , qui inſpirent le reſpect , &
diſpoſent à l'admiration : « Je chante
„ les combats , & ce Héros , que les
„ Deſtins ennemis forcerent d'aban-
„ donner le rivage Troyen : il fut
„ long-tems expoſé à la vengeance
„ des Dieux, &c.

La Lyrique a une marche libre &
déréglée :

déréglée : ce font des élans du cœur, des traits de feu qui jailliffent. L'épique a un ton toujours foutenu, une majefté toujours égale à elle-même : c'eft le récit que fait un Dieu, à des Dieux comme lui. Tout s'annoblit dans fa bouche, les penfées, les expreffions, les tours, l'harmonie : tout eft rempli de hardieffe & de pompe. Ce n'eft point le tonnerre qui gronde par intervale, qui éclate, & qui fe tait. C'eft un grand fleuve qui roule fes flots avec bruit, & qui étonne le voyageur qui l'entend de loin dans une vallée profonde. Le murmure des ruiffeaux n'eft bon que pour les Bergers. Comparez le chalumeau de Virgile avec fa trompette :

Tityre tu patula recubans fub tegmine fagi
Sylveftrem tenui mufam meditaris avenâ.

Rien n'eft fi doux : l'harmonie & le ton de l'Eneïde ont une autre force :

Arma virumque cano, &c.

O

Vix è conspectu Siculæ telluris in altum
Vela dabant læti , & spumas salis ære ruebant.

Chacun peut sentir par la seule lecture, cette différence. On la trouveroit encore plus sensible, si on comparoit Théocrite avec Homere. La langue Grecque, plus riche que les autres, a pu se prêter avec plus de facilité à la nature des sujets, & prendre plus ou moins de force , selon le besoin des matiéres. J'en appelle à ceux qui ont lu les deux Poëtes par comparaison.

CHAPITRE V.

Sur la Tragédie.

LA Tragédie partage avec l'Epopée la grandeur & l'importance de l'action : & elle n'en differe que par le Dramatique seulement. On voit l'action tragique , & celle de l'Epopée se raconte.

Mais comme il y a dans l'Epopée deux fortes de grands : le Merveilleux & l'Héroïque ; il peut y avoir auſſi deux eſpèces de Tragédie, l'une héroïque, qu'on appelle ſimplement Tragédie: l'autre merveilleuſe, qu'on a nommée Spectacle Lyrique ou Opera. Le merveilleux eſt exclus de la premiere eſpèce, parce que ce ſont des hommes qui agiſſent en hommes ; au lieu que dans la ſeconde, les Dieux agiſſant en Dieux , avec tout l'appareil d'une puiſſance ſurnaturelle ; ce qui ne ſeroit point merveilleux, ceſſeroit en quelque ſorte d'être vraiſemblable. Ces deux eſpèces ont leurs régles communes: & ſi elles en ont de particulieres ; ce n'eſt que par rapport à la condition des Acteurs qui eſt différente.

Un Opera eſt donc la repréſentation d'une action merveilleuſe. (*a*)

(*a*) On ne définit ici l'Opera que par | oppoſition à la Tragédie.

O ij

C'eſt le divin de l'Epopée mis en ſpectacle. Comme les Acteurs ſont des Dieux, ou des Héros Demi-dieux; ils doivent s'annoncer aux Mortels par des opérations, par un langage, par une inflexion de voix, qui ſurpaſſent les loix du vraiſembla-ble ordinaire. 1°. Leurs opérations reſſemblent à des prodiges. C'eſt le Ciel qui s'ouvre, une nue lumineuſe qui apporte un Etre céleſte : c'eſt un Palais enchanté, qui diſparoît au moindre ſigne, & ſe transforme en déſert, &c. 2°. Leur langage eſt en-tiérement lyrique : il exprime l'ex-taſe, l'enthouſiaſme, l'yvreſſe du ſentiment. 3°. C'eſt la Muſique la plus touchante qui accompagne les paroles, & qui par les modula-tions, les cadences, les infléxions, les accens, en fait ſortir toute la for-ce & tout le feu. La raiſon de tout cela eſt dans l'imitation. Ce ſont des Dieux qui doivent agir & parler en

Dieux. Pour former leurs caractères,
le Poëte choisit ce qu'il connoît de
plus beau & de plus touchant dans
la Nature, dans les Arts, dans tout
le genre humain ; & il en compose
des Etres qu'il nous donne, & que
nous prenons pour des Divinités.
Mais ce sont toujours des hommes :
c'est le Jupiter de Phidias. Nous ne
pouvons sortir de nous-mêmes, ni
caractériser les choses d'imagination
que par les traits que nous avons
vus dans la réalité. Ainsi c'est toujours l'imitation qui commande &
qui fait la loi.

L'autre espèce de Tragédie ne
sort point du naturel. Ce qu'elle a
de grand, ne va que jusqu'à l'héroïs-
me. C'est une représentation de
grands hommes, une peinture, un
tableau ; ainsi son mérite consiste
dans sa ressemblance avec le vrai.
De sorte que pour trouver toutes les
régles de la Tragédie, il ne faut que

O iij

se mettre dans le parterre, & supposer que tout ce qu'on va voir sera
vrai : mais le plus beau vrai possible
dans ce genre, & dans le sujet choisi.
Tout ce qui concourra à me persua-
der, sera bon : tout ce qui aidera à
me détromper, sera mauvais.

Si on change le lieu où se passe
l'action, tandis que le Spectateur est
toujours resté au même endroit : il
reconnoît l'art : l'imitation est fausse.

Si l'action que je vois dure un an,
un mois, plusieurs jours : tandis que
je sens que je l'ai vûe commencer &
finir, à peu près en trois heures : je
reconnois l'artifice. A peine peut-on
me faire croire que j'aye été Spectateur pendant un jour entier ; & la
chose iroit beaucoup mieux, si l'action ne duroit qu'autant de tems
qu'il en faut, pour la représenter : il
feroit plus aisé de me tromper.

Je vois des Acteurs qui agissent
pour être vûs , qui se présentent de

maniere qu'ils paroiſſent adreſſer la parole au parterre. La Nature ne s'y prend pàs de la ſorte : elle agit pour agir. Ici on a d'autres vûes, je reconnois la Comédie.

On joue une Tragédie Romaine : je connois par l'hiſtoire un Brutus, un Caſſius, ces fiers Conjurateurs, que la Renommée me montre dans l'éloignement des tems, comme des Héros d'une taille plus qu'humaine : je vois, ſous leurs noms, une figure médiocre, une taille pincée, une voix grêle & forcée, je dis ſur le champ : *Non, tu n'es pas Brutus.*

Je ne parle point des Epiſodes inutiles, des caractéres équivoques, ou mal ſoutenus, des ſentimens foibles ou guindés . . . . . . Tantôt c'eſt un étalage de phraſes dans le goût de Séneque ; quelquefois une deſcription plus qu'épique ; une autrefois, c'eſt un enthouſiaſme plus que lyrique. C'eſt un Hiſtorien que j'en-

O iv

tends, un Philofophe, un Orateur ;
le Théâtre fe change en Tribune.
Ici, c'eft un Acteur qui prend feu
tout à coup, & fans préparation :
là, c'en eft un autre qui écoute une
confidence importante, avec un air
diftrait. Il eft fûr de fa réponfe. En
un mot, ce fera le gefte, la parole,
le ton de la voix, une de ces trois
expreffions, qui ne s'accordera pas
avec les deux autres, & qui démaf-
quera l'art en déconcertant l'harmonie.

Les Chœurs amenèrent autrefois
la Tragédie fur le Théâtre ; & ils s'y
maintinrent long-tems avec elle. Ils
étoient fondés fur l'ufage, & autorifés par l'exemple du gouvernement,
qui étoit démocratique. Mais les
grandes affaires, dans la fuite, ne fe
décidant plus en public ; ils furent
obligés d'en defcendre. D'ailleurs,
comment allier cette publicité théâtrale avec les refforts des grandes

paſſions, qui ſont ordinairement ſecrets? Phedre pouvoit-elle avouer à tout un peuple, ce qu'Œnone ne pouvoit lui arracher qu'avec effort? Mais peut-être auſſi, que ſi l'Art y a gagné en rendant l'imitation plus exacte, le Spectateur y a perdu du côté des ſentimens. Le chant lyrique du Chœur exprimoit dans les Entractes les mouvemens excités par l'Acte qui venoit de finir. Le Spectateur ému en prenoit aiſément l'uniſſon, & ſe préparoit ainſi à recevoir l'impreſſion des Actes ſuivans; au lieu qu'aujourd'hui le violon ne ſemble fait que pour guérir l'ame de ſa bleſſure, & éteindre le feu qui s'allumoit. On guérit un inconvénient par un autre. Il y a pourtant des ſujets où tout pourroit ſe concilier.

Si on demande maintenant pourquoi les paſſions doivent être extraordinaires, les caracteres toujours grands, le nœud presque insoluble, le dénouement simple & naturel? Pourquoi on veut que les scènes aillent toujours en croissant, sans languir? C'est que c'est la belle Nature qu'on a promis de peindre, & qu'on doit lui donner tous les dégrés de perfection connus : c'est que l'Art fait uniquement pour le plaisir, est mauvais, dès qu'il est médiocre. Enfin, c'est que le cœur humain n'est pas content, quand on lui laisse de quoi desirer.

CHAPITRE VI.

Sur la Comédie.

LA Tragédie imite le beau, le grand : la Comédie imite le ridicule. L'une éleve l'ame, & forme le cœur : l'autre polit les mœurs, & corrige le dehors. La Tragédie nous humanise par la compassion; & nous re-

tient par la crainte , Φόβος ἡ ἐλέος :
la Comédie nous ôte le masque à
demi, & nous préfente adroitement
le miroir. La Tragédie ne fait pas
rire, parce que les fotifes des Grands
font des malheurs :

Quidquid delirant Reges , plectuntur Achivi.

La Comédie fait rire, parce que les
fotifes des petits ne font que des fotifes ; on n'en craint point les fuites.
 On définit la Comédie : Une action feinte , dans laquelle on repréfente le ridicule à deffein de le cor-
riger. L'Action tragique tient le plus
fouvent à quelque chofe de vrai. Les
noms, au moins, font hiftoriques ;
mais dans la Comédie , tout y eft
feint. Le Poëte pofe pour fondement la vraifemblance : cela fuffit :
il bâtit à fon gré : il crée une Action,
des Acteurs , il les multiplie felon fes
befoins, & les nomme comme il juge
à propos, fans qu'on puiffe le trouver
mauvais.

La matiére de la Comédie eft la
vie civile, dont elle eft l'imitation :
,, elle eft comme elle doit être, dit
,, le P. Rapin, quand on croit fe
,, trouver dans une Compagnie du
,, quartier étant au Théâtre, & qu'on
,, y voit ce qu'on voit dans le mon-
,, de. Il faut ajouter à cela, qu'elle
doit avoir tout l'affaifonnement poffible, & être un choix de plaifante-
ries fines & légeres, qui préfentent
le ridicule dans le point le plus piquant.

Le ridicule confifte dans les défauts qui caufent la honte, fans caufer la douleur. C'eft, en général, un
mauvais affortiment de chofes qui
ne font point faites pour aller enfemble. La gravité ftoïque feroit ridicule dans un enfant, & la puéri-
lité dans un Magiftrat. C'eft une dif-
cordance de l'état avec les mœurs.
Ce défaut ne caufe aucune douleur
où il eft : & s'il en caufoit, il ne pour-

roit faire rire ceux qui ont le cœur
bien fait : un retour fecret fur eux-
mêmes leur feroit trouver plus de
charmes dans la compaffion.

Le Ridicule dans les mœurs eft
donc fimplement, une difformité qui
choque la bienféance, l'ufage reçu,
ou même la morale du monde poli.
C'eft alors que le Spectateur caufti-
que s'égaye aux dépens d'un vieil
Harpagon amoureux, d'un Monfieur
Jourdain Gentilhomme, d'un Tartuffe mal caché fous fon mafque.
L'amour-propre alors a deux plaifirs : il voit les défauts d'autrui, &
croit ne point voir les fiens.

Le Ridicule fe trouve par tout,
dit La Bruyere : il eft fouvent à côté
de ce qu'il y a de plus férieux : mais
il eft rare de trouver des yeux qui
fachent le reconnoître où il eft, &
plus rare encore de trouver des Génies qui fachent l'en tirer avec délicateffe, & le préfenter de maniere

qu'il plaife & qu'il inftruife, fans que
l'un fe faffe aux dépens de l'autre.

La Comédie fe divife felon les fujets qu'elle fe propofe d'imiter.

Il y a dans la fociété, un ordre
de Citoyens, où régne une certaine
gravité, où les fentimens font délicats, & les converfations affaifon-
nées d'un fel fin : où eft, en un mot,
ce qu'on appelle *le ton de la bonne*
compagnie. C'eft le modéle du haut
comique, qui ne fait rire que l'efprit : tels font les principaux Caracteres des grandes piéces, de Simon,
de Chremès dans Terence, d'Or-
gon, de Tartuffe, de la Femme fa-
vante dans Moliere.

Il y a un autre ordre plus bas :
c'eft celui du peuple, dont le goût
eft conforme à l'éducation qu'il a
reçue. C'eft l'objet du bas comique qui convient aux Valets, aux
Suivantes, & à tout ce qui fe remue
par l'impreffion des perfonnages fu-

périeurs. Cet ordre ne doit point admettre la grossiereté, mais la naïveté, la simplicité; & s'il admet l'esprit; il faut qu'il soit naturel, & sans aucune étude. C'est là qu'on pardonne les petits jeux de mots, les tours de soupleffe, les proverbes, &c. parce que tout cela est autorisé par la condition de ceux qu'on imite.

On pourroit compter une troisiéme efpèce de comique, s'il méritoit ce nom: ce font les farces, les grimaces, & tout ce qui n'a, pour affaifonnement, qu'un burlefque groffier, quelquefois mêlé d'ordure. Mais ces imitations, qui charment la vile populace, ne font point du goût des honnêtes-gens.

Offenduntur enim quibus est equus & pater & res.

Il est évident, par ce précis de la nature de la Comédie, que l'imitation fait fon effence & fa régle. Et

le mot feul de *miroir* qui lui convient fi parfaitement, fait une dé-
monftration : *Hæc conficta arbitror*
à Poëtis effe, ut effictos *noftros mores*
in alienis perfonis, expreffamque
imaginem *noftræ vitæ quotidianæ vi-*
deremus. Cic. pro Sext. Rofc.

CHAPITRE VII.

Sur la Paftorale.

LA Poëfie Paftorale peut être mife
en fpectacle ou en récit : c'eft une
forme indifférente pour le fonds.
Son objet effentiel eft la vie cham-
pêtre, repréfentée avec tous fes charmes poffibles. C'eft la fimplicité des
mœurs, la naïveté, l'efprit naturel,
le mouvement doux & paifible des
paffions. C'eft l'amour fidéle & tendre des Bergers, qui donne des foins,
& non des inquiétudes, qui exerce
assez

affez le cœur, & ne le fatigue point.
Enfin, c'eft ce bonheur attaché à la
franchife, & au repos d'une vie qui
ne connoît ni l'ambition, ni le luxe,
ni les emportemens, ni les remords :

> Heureux qui vit en paix du lait de fes brebis,
> Et qui, de leur toifon voit filer fes habits ;
> Et bornant fes defirs au bord de fon do-
>   maine,
> Ne connoît d'autre mer que la Marne ou la
>   Seine. *Racan.*

L'homme aime naturellement la
campagne ; & le Printems y appelle les plus délicats. Les prés fleu-
ris, l'ombre des bois, les vallées
riantes, les ruiffeaux, les oifeaux,
tous ces objets ont un droit naturel fur le cœur humain. Et lorfqu'un Poëte fait, dans une action intéreffante, nous offrir la fleur
de ces objets, déja charmans par
eux-mêmes, & nous peindre, avec
des traits naïfs, une vie femblable à
celle des Bergers ; nous croyons jouir

P.

avec eux. Qu'on nous peigne leurs tristesses, leurs soucis, leurs jalousies, leurs dépits; ces passions sont des jeux innocens, au prix de celles qui nous déchirent. C'est le siécle d'or qui se rapproche de nous; & la comparaison de leur état avec le nôtre, simplifie nos mœurs, & nous ramène insensiblement au goût de la Nature.

Dans ce genre, comme dans les autres, il y a un point au-delà & en-deçà duquel on ne peut trouver le bon. Ce n'est point assez de parler de ruisseau, de brébis, de Tityre; il faut du neuf & du piquant dans l'idée, dans le plan, dans l'action, dans les sentimens. Si vous êtes trop doux & trop naïf, vous risquez d'être fade; & si vous voulez un certain dégré d'assaisonnement, vous sortez de votre genre, & vous tombez dans l'affectation. Ne donnez à une Bergere d'autres bouquets que ceux de

fes prés ; d'autre teint , que celui
des rofes & des lis ; d'autres miroir
qu'un clair ruiffeau. Regardez la Nature, & choififfez : c'eft l'abregé des
préceptes. Lifez les grands Maîtres :
lifez Théocrite, il vous donnera le
modéle de la naïveté ; Mofchus &
Bion , celui de la délicateffe. Virgile vous dira , quels ornemens on
peut ajouter à la fimplicité. Lifez
Segrais , & Madame Des-Houlieres,
vous y trouverez une expreffion
douce & continue des plus tendres
fentimens : mais fi vous lifez M. de
Fontenelle , fouvenez-vous que fon
Ouvrage fait un genre à part , &
qu'il n'a rien de commun que le
nom, avec ceux que je viens de citer.

CHAPITRE VIII.

Sur l'Apologue.

L'APOLOGUE est le spectacle des Enfans. Il ne diffère des autres que par la qualité des Acteurs. On ne voit, sur ce petit Théâtre, ni les Alexandres, ni les Césars ; mais la Mouche & la Fourmi, qui jouent les hommes à leur manière, & qui nous donnent une Comédie plus pure, & peut-être plus instructive, que ces Acteurs à figure humaine.

L'imitation porte ses régles dans ce genre, de même que dans les autres. On suppose seulement que tout ce qui est dans la Nature, est doüé de la parole. Cette supposition a quelque chose de vrai ; puisqu'il n'y a rien dans l'Univers qui ne se fasse au moins entendre aux yeux, & qui ne porte dans l'esprit du Sage des idées aussi claires, que s'il se faisoit entendre aux oreilles.

Sur ce principe, les inventeurs de l'Apologue ont cru qu'on leur passeroit de donner des discours & des pensées aux Animaux d'abord, qui, ayant à peu près les mêmes organes que nous, ne nous paroissent peut-être muets, que parce que nous n'entendons pas leur langage : ensuite aux Arbres, qui, ayant de la vie, n'ont pas eu de peine à obtenir aussi des Poëtes le sentiment : & enfin à tout ce qui se meut, ou qui existe dans l'Univers. On a vu non seulement le Loup & l'Agneau, le Chêne & le Roseau, mais encore le *Pot de fer* & *le Pot de terre* jouer des personnages. Il n'y a eu que *Dom Jugement* & *Demoiselle Imagination*, & tout ce qui leur ressemble, qui n'ont pas pu être admis sur ce Théâtre ; parce que, sans doute, il est

P iij

plus difficile de donner un corps caractérifé à ces Etres purement fpirituels, que de donner de l'ame & de l'efprit à des corps qui paroiffent avoir quelque analogie avec nos organes.

Toutes les régles de l'Apologue font contenues dans celles de l'Epopée & du Drame. Changez les noms, la Grenouille qui s'enfle, devient le Bourgeois Gentilhomme, ou, fi vous voulez, Céfar, que fon ambition fait périr, ou le premier homme, qui eft dégradé, pour avoir voulu être femblable à Dieu :

> . . . . . *Mutato nomine, de te*
> *Fabula narratur.*

Il ne faut point s'élever au-deffus de fon état : voilà une maxime qu'il falloit apprendre aux Enfans, au peuple, aux Rois, à tout le Genre humain. La Sageffe, par le fecours de la Poëfie, prend toutes les for-

mes néceſſaires pour s'inſinuer : &
comme les goûts ſont différens , ſelon les âges & les conditions ; elle
veut bien jouer avec les Enfans :
elle rit avec le Peuple : elle parle en
Reine avec les Rois, & diſtribue ainſi
ſes leçons à tous les hommes : elle
joint l'agréable à l'utile , pour atti-
rer à elle ceux qui n'aiment que le
plaiſir, & pour récompenſer ceux,
qui n'ont d'autre vûe, que de s'inſtruire.

L'Apologue doit donc avoir une
action, de même que les autres Poëmes. Cette action doit être une , in-
téreſſante : avoir un commencement,
un milieu, une fin ; par conſéquent
un prologue, un nœud, un dénouement : un lieu de la ſcène , des Acteurs , au moins deux , ou quelque
choſe qui tienne lieu d'un ſecond.
Ces Acteurs auront un caractère établi, ſoutenu , & prouvé par les diſcours & par les mœurs ; & tout cela

à l'imitation des hommes, dont les Animaux deviennent les copiſtes, & prennent les rôles chacun, ſuivant une certaine analogie de caractères :

> Un Agneau ſe déſalteroit
> Dans le courant d'une onde pure :

Voilà un Acteur avec un caractère connu, & en même-tems le lieu de la ſcène :

> Un Loup ſurvint à jeûn, qui cherchoit
> avanture,
> Et que la faim en ces lieux attiroit :

Voilà l'autre Acteur, auſſi avec ſon caractère, & outre cela, ſa diſpoſition actuelle. L'action & le nœud commencent :

> Qui te rend ſi hardi de troubler mon
> breuvage,
> Dit cet animal plein de rage,
> Tu ſeras châtié de ta témérité.

Le caractère duLoup ſe ſoutient dans

ce difcours , de même que celui de
l'Agneau dans le fuivant.

> Sire , répond l'Agneau , que votre Majefté
>   Ne fe mette point en colére ,
>   Mais plutôt qu'elle confidére ,
>   Que je me vas défaltérant
>   Dans le courant ,
>   Plus de vingt pas au-deffous d'elle ;
> Et que par conféquent , en aucune façon
>   Je ne puis troubler fa boiffon.

On remarque affez le contrafte des
caractères & des mœurs exprimées
par le difcours ; l'action continue :

> Tu la troubles , reprit cette bête cruelle &c.
>   Là-deffus au fond des forêts
>   Le Loup l'emporte , puis le mange
>   Sans autre forme de procès.

Le dénouement eft arrivé : & il eft,
tel qu'il devoit être , pris dans le
principe de l'action même , qui eft
l'injuftice & la cruauté qui accompagnent la force. Cette petite Tra-

gédie excite à sa manière la Terreur & la Pitié. On plaint l'Agneau,
on déteste l'Assassin. Le stile est conforme au caractère & à l'état des
deux Acteurs. C'est la matière qui
donne le ton. Quand c'est le Chêne
orgueilleux qui parle, il dit:

Cependant que mon front au Caucase pareil,
Non content d'arrêter les rayons du Soleil,
  Brave l'effort de la tempête &c.

La Cigale va crier famine
  Chez la Fourmi sa voisine.

Le Villageois se plaint de *l'Auteur
de tout cela*, & prétend,

  Qu'il a bien mal placé cette Citrouille là.
    Hé parbleu je l'aurois pendue
    A l'un des Chênes que voilà.

Ainsi du reste. La Fontaine a senti
toutes les différences : il a saisi par-
tout le riant, le gracieux, le naïf,
l'enjoué. Et comment ? en imitant
la Nature : en se mettant précisé-

ment à la place de ses Acteurs , & en parlant pour eux & comme eux. C'est ainsi qu'il a beaucoup mieux peint que tous ses Maîtres , & qu'il s'est rendu peut-être beaucoup plus grand homme en son genre , que plusieurs autres que nous admirons , & que la grandeur de leur matière nous fait paroître plus grands que lui.

CHAPITRE IX.

Sur la Poësie lyrique.

QUAND on examine superficielle-ment la Poësie lyrique , elle paroît se prêter moins que les autres espèces au principe général qui raméne tout à l'imitation.

Quoi ! s'écrie-t'on d'abord ; les Cantiques des Prophètes, les Pseau-mes de David , les Odes de Pindare

& d'Horace ne feront point de vrais Poëmes ? Ce font les plus parfaits. Remontez à l'origine. La Poëfie n'eft-elle pas un Chant, qu'infpire la joie, l'admiration, ia reconnoif-fance ? N'eft-ce pas un cri du cœur, un élan, où la Nature fait tout, & l'Art, rien ? Je n'y vois point de tableau, de peinture. Tout y eft feu, fentiment, yvreffe. Ainfi deux chofes font vraies : la premiere, que les Poëfies lyriques font de vrais Poë-mes : la feconde, que ces Poëfies n'ont point le caraĉtère de l'Imi-tation.

Voilà l'objeĉtion propofée dans toute fa force.

Avant que d'y répondre, je de-mande à ceux qui la font, fi la Mu-fique, les Opera, où tout eft ly-rique, contiennent des paffions réel-les, ou des paffions imitées ? Si les Chœurs des Anciens, qui retenoient la nature originaire de la Poëfie ,

ces Chœurs qui étoient l'expreſſion
du ſeul ſentiment , s'ils étoient la
Nature elle-même , ou ſeulement la
Nature imitée ? Si Rouſſeau dans ſes
Pſeaumes étoit pénétré auſſi réellement que David? Enfin, ſi nos Aĉteurs
qui montrent ſur le Théâtre des paſſions ſi vives , les éprouvent ſans le
ſecours de l'Art , & par la réalité de
leur ſituation ? Si tout cela eſt feint ,
artificiel , imité ; la matière de la
poëſie lyrique , pour être dans les
ſentimens , n'en doit donc pas être
moins ſoumiſe à l'Imitation.

L'origine de la Poëſie ne prouve
pas plus contre ce principe. Chercher
la Poëſie dans ſa premiere origine ,
c'eſt la chercher avant ſon exiſtence.
Les Elémens des Arts furent créés
avec la Nature. Mais les Arts eux-
mêmes , tels que nous les connoiſſons , que nous les définiſſons maintenant , ſont bien différens de ce
qu'ils étoient , quand ils commen-

cèrent à naître. Qu'on juge de la
Poëfie par les autres Arts , qui, en
naiffant , ne furent ou qu'un cri in-
articulé , ou qu'une ombre crayon-
née , ou qu'un toît étayé. Peut-on
les reconnoître à ces définitions ?

Que les Cantiques facrés foient
de vraies Poëfies fans être des imitations ; cet exemple prouveroit-il
beaucoup contre les Poëtes , qui
n'ont que la Nature pour les infpirer !
Etoit-ce l'Homme qui chantoit dans
Moyfe , n'étoit-ce point l'Efprit de
Dieu qui dictoit ? Il eft le maître : il
n'a pas befoin d'imiter, il crée. Au
lieu que nos Poëtes dans leur yvreffe
prétendue, n'ont d'autre fecours que
celui de leur Génie naturel, qu'une
imagination échauffée par l'Art ,
qu'un enthoufiafme de commande.
Qu'ils ayent eu un fentiment réel de
joie : c'eft dequoi chanter, mais un
couplet ou deux feulement. Si on
veut plus d'étendue ; c'eft à l'Art à

coudre à la piece de nouveaux fentimens qui reffemblent aux premiers.
Que la Nature allume le feu ; il faut
au moins que l'Art le nourriffe &
l'entretienne. Ainfi l'exemple des
Prophètes, qui chantoient fans imiter , ne peut tirer à conféquence
contre les Poëtes imitateurs.

D'ailleurs, pourquoi les Cantiques facrés nous paroiffent-ils , à
nous, fi beaux ? N'eft-ce point parce
que nous y trouvons parfaitement
exprimés les fentimens qu'il nous
femble que nous aurions éprouvés
dans la même fituation où étoient
les Prophètes ? & fi ces fentimens
n'étoient que vrais, & non pas vraifemblables, nous devrions les refpec-
ter ; mais ils ne pourroient nous faire
l'impreffion du plaifir. De forte que,
pour plaire aux hommes, il faut, lors
même qu'on n'imite point , faire
comme fi l'on imitoit, & donner à la
vérité les traits de la vraifemblance.

La Poëfie lyrique pourroit être regardée comme une efpèce à part; fans faire tort au principe où les autres fe réduifent. Mais il n'eft pas befoin de la féparer : elle entre naturellement & même néceffairement dans l'imitation; avec une feule différence, qui la caractérife & la diftingue : c'eft fon objet particulier.

Les autres efpèces de Poëfie ont pour objet principal les Actions : la Poëfie lyrique eft toute confacrée aux fentimens, c'eft fa matière, fon objet effentiel. Qu'elle s'élève comme un trait de flamme en frémiffant, qu'elle s'infinue peu à peu, & nous échauffe fans bruit, que ce foit un Aigle, un Papillon, une Abeille; c'eft toujours le fentiment qui la guide ou qui l'emporte.

Il y a des Odes facrées, qu'on appelle Hymnes, ou Cantiques : c'eft l'expreffion du cœur, qui admire avec tranfport la grandeur, la

toute-

toute-puiſſance, la bonté infinie de l'Etre ſuprême, & qui s'écrie dans l'enthouſiaſme : *Cæli enarrant gloriam Dei, & opera ejus annuntiat firmamentum* :

> Les Cieux inſtruiſent la Terre
> A révérer leur Auteur ;
> Tout ce que leur globe enſerre
> Célèbre un Dieu Créateur.
> Quel plus ſublime Cantique
> Que ce concert magnifique
> De tous les céleſtes Corps ?
> Quelle grandeur infinie !
> Quelle divine harmonie
> Réſulte de leurs accords !

Il y en a qu'on appelle Héroïques, qui ſont faites à la gloire des Héros : Le Poëte

> Méne Achille ſanglant aux bords du Simoïs,
> Ou fait fléchir l'Eſcaut ſous le joug de Louis.

Telles ſont les Odes de Pindare, & pluſieurs de celles d'Horace, de Malherbe & de Rouſſeau.

* Q

Il y en a une troifiéme forte qui
peut porter le nom d'Ode philofo-
phique ou morale. Ce font celles où
le Poëte épris de la beauté de la
vertu , ou effrayé de la laideur du
vice, s'abandonne aux tranfports de
l'amour ou de la haine que ces objets font naître.

> Fortune , dont la main couronne
> Les forfaits les plus inouïs,
> Du faux éclat qui t'environne
> Serons-nous toujours éblouis? &c.

Enfin la quatriéme efpèce ne doit
éclore que dans le fein des plaifirs :

> Elle peint les feftins , les danfes & les ris.

Telles font les Odes Anacréontiques , & la plûpart des Chanfons
Françoifes.

Toutes ces Efpèces , comme on
le voit , font uniquement confacrées
au fentiment. Et c'eft la feule différence, qu'il y ait entre la Poëfie ly-

rique & les autres genres de Poëſie.
Et comme cette différence eſt toute
du côté de l'objet, elle ne fait aucun tort au principe de l'imitation.

Tant que l'action marche dans le
Drame ou dans l'Epopée, la Poëſie
eſt épique ou dramatique ; dès qu'elle
s'arrête, & qu'elle ne peint que la
ſeule ſituation de l'ame, le pur ſentiment qu'elle éprouve, elle eſt de
ſoi lyrique : il ne s'agit que de lui donner la forme qui lui convient, pour
être miſe en chant. Les monologues
de Polieucte, de Camille, de Chi-
mene, ſont des morceaux lyriques :
& ſi cela eſt ; pourquoi le ſentiment
qui eſt ſujet à l'imitation dans un
Drame, n'y ſeroit-il pas ſujet dans
une Ode ? Pourquoi imiteroit-on la
paſſion dans une Scéne, & qu'on ne
pourroit pas l'imiter dans un Chant ?
Il n'y a donc point d'exception.
Tous les Poëtes ont le même objet,
& ils ont tous la même méthode à
ſuivre.   Q ij

Ainſi, de même que dans la Poëſie épique & dramatique, où il s'agit de peindre les actions, le Poëte doit ſe repréſenter vivement les choſes dans l'eſprit, & prendre auſſitôt le pinceau ; dans le lyrique, qui eſt livré tout entier au ſentiment, il doit échauffer ſon cœur, & prendre auſſitôt ſa lyre. S'il veut compoſer un Lyrique élevé, qu'il allume un grand feu. Ce feu ſera plus doux, s'il ne veut que des ſons modérés. Si les ſentimens ſont vrais & réels, comme quand David compoſoit ſes Cantiques, c'eſt un avantage pour le Poëte : de même que c'en eſt un, lorſque dans le Tragique, il traite un fait de l'Hiſtoire tellement pré-paré, qu'il n'y ait point, ou qu'il y ait peu de changemens à faire, com-me dans l'Eſther de Racine. Alors l'imitation Poëtique ſe réduit aux penſées, aux expreſſions, à l'har-monie, qui doivent être conformes

au fonds des chofes. Si les fentimens
ne font pas vrais & réels , c'eſt-à-
dire , fi le Poëte n'eſt pas réellement dans la fituation qui produit
les fentimens dont il a befoin ; il
doit en exciter en lui , qui foient
femblables aux vrais , en feindre qui
répondent à la qualité de l'objet. Et
quand il fera arrivé au juſte dégré de
chaleur qui lui convient;qu'il chante:
il eſt infpiré. Tous les Poëtes font
réduits à ce point : ils commencent
par monter leur Lyre : puis ils en tirent des fons.

C'eſt ainfi que fe font faites les
Odes facrées, les héroïques,les mo-
rales , les anacréontiques ; il a fallu
éprouver naturellement ou artificiel-
lement , les fentimens d'admiration ,
de reconnoiſſance , de joïe , de trif-
teſſe , de haine , qu'elles expriment :
& il n'y en a pas une d'Horace ni de
Rouſſeau , fi elle a le véritable caractère de l'Ode , dont on ne puiſſe

Q iij

le démontrer ; elles font toutes un tableau de çe qu'on peut fentir de plus fort ou de plus délicat dans la fituation où ils étoient.

De même donc que dans la Poëfie épique & dramatique on imite les actions & les mœurs , dans le lyrique on chante les fentimens ou les paffions imitées. S'il y a du réel , il fe mêle avec ce qui eft feint , pour faire un Tout de même nature : la fiction embellit la vérité , & la vérité donne du crédit à la fiction.

Ainfi que la Poëfie chante les mouvemens du cœur, qu'elle agiffe, qu'elle raconte , qu'elle faffe parler les Dieux ou les Hommes ; c'eft toujours un portrait de la belle Nature, une image artificielle, un tableau, dont le vrai & unique mérite confifte dans le bon choix, la difpofition, la reffemblance : *ut Pictura Poefis*.

SECTION SECONDE.

SUR LA PEINTURE.

CEt article fera fort court, parce
que le principe de l'imitation de la
belle Nature, furtout après en avoir
fait l'application à la Poëfie, s'applique prefque de lui-même à la
Peinture. Ces deux Arts ont entr'eux
une fi grande conformité ; qu'il ne
s'agit, pour les avoir traités tous
deux à la fois, que de changer les
noms, & de mettre Peinture, Deffeing, Coloris, à la place de Poëfie,
de Fable, de Verfification. C'eft le
même Génie qui crée dans l'une &
dans l'autre : le même Goût qui dirige l'Artifte dans le choix, la difpofition, l'affortiment des grandes &
des petites parties : qui fait les group-
pes & les contraftes : qui pofe, & qui

Q iv

nuance les couleurs : en un mot, qui régle la Composition, le Deſſeing, le Coloris. Ainſi, nous n'avons qu'un mot à dire ſur les moyens, dont ſe ſert la Peinture pour imiter & exprimer la Nature.

En ſuppoſant que le tableau idéal a été conçu ſelon les régles du Beau, dans l'imagination du Peintre : ſa premiere opération pour l'exprimer, ou le faire naître, eſt le trait : c'eſt ce qui commence à donner un être réel & indépendant de l'eſprit, à l'objet qu'on veut peindre, qui lui détermine un eſpace juſte, & le renferme dans ſes bornes légitimes : c'eſt le Deſſeing. La ſeconde opération, eſt de poſer les ombres & les jours, pour donner de la rondeur, de la ſaillie, du relièf aux objets, pour les lier enſemble, les détacher du plan, les approcher, ou les éloigner du Spectateur : c'eſt le Clair-obſcur. La troiſiéme eſt d'y répandre les couleurs, telles que ces objets les porteroient dans la Nature, d'unir ces couleurs, de les nuancer, de les dégrader felon le befoin, pour les faire paroître naturelles : C'eſt le Coloris. Voilà les trois dégrés de l'expreſſion pittoreſque : & ils font ſi clairement renfermés dans le principe général de l'imitation, qu'ils ne laiſſent lieu à aucune difficulté même apparente. A quoi ſe réduiſent toutes les régles de la Peinture ? à tromper les yeux par la reſſemblance, à nous faire croire que l'objet eſt réel, tandis que ce n'eſt qu'une image. Cela eſt évident. Paſſons à la Muſique & à la Danſe. Nous traiterons ces deux Arts avec un peu plus d'étendue ; mais cependant ſans ſortir de notre objet, qui eſt de prouver que la perfection des Arts dépend de l'imitation de la belle Nature.

SECTION TROISIEME.

SUR LA MUSIQUE ET SUR LA DANSE.

LA Mufique avoit autrefois beaucoup plus d'étendue , qu'elle n'en a
aujourd'hui. Elle donnoit les graces
de l'Art, à toutes les efpèces de fons,
& de geftes : elle comprenoit le
Chant, la Danfe , la Verfification,
la Déclamation : *Ars decôris in vo-
cibus & motibus.* Aujourd'hui , que
la Verfification & la Danfe ont formé deux Arts féparés , & que la Déclamation, abandonnée (*a*) à elle-mê-

(*a*) Nous avons a-
bandonné l'Art de la
déclamation. Seroit-ce
parce que nous nous fe-
rions crus affez riches
du côté du langage ?
Si cela étoit, les Grecs
& les Latins auroient
dû, à plus forte raifon,
la négliger. Cependant

le feul gefte pouvoit
faire chez eux un dif-
cours fuivi. On fçait
l'hiftoire des Panto-
mimes. Quand on fe
plaint de la foibleffe
de notre éloquence, on
la rejette quelquefois
fur la forme des Gou-
vernemens. Mais fi

me, ne fait plus un Art, la Mufique
proprement dite fe réduit au feul

les matières d'Etat ne
font plus traitées au-
jourd'hui par nos Ora-
teurs, n'ont-ils point
celles de la Religion ?
Bourdaloue avoit-il
moins d'avantage du
côté de la matiere,
que Démofthène ? La
crainte d'une éternité
malheureufe eft-elle
moins vive que celle
d'un Tyran? Nos Ora-
teurs n'ont-ils point de
tems en tems des Mi-
lons à défendre, des
Verrès à attaquer, des
Céfars à louer ? N'a-
vons nous pas des Dif-
cours dont la lecture
nous fait autant de
plaifir, que celle de
quelques-uns des An-
ciens ? Cependant nous
croyons ceux des An-
ciens fupérieurs à tous
ceux que nous avons.
Ils ne l'étoient peut-
être que par la décla-

mation, qui feule con-
tenoit prefque les deux
tiers de l'expreffion : je
veux dire, le ton & le
gefte. Démofthène y
rédnifoit même tout
l'art Oratoire, & il
en parloit fur fa pro-
pre expérience. On
demande où eft l'en-
droit dans l'Oraifon
pour Ligarius, qui fit
tomber l'arrêt des
mains de Céfar. On
ne le demanderoit pas,
fi on avoit pu nous
tranfmettre fes tons &
fes geftes, de même
que les paroles. Mais
nous n'avons de ce Dif-
cours que le corps,
l'ame n'y eft plus : &
nous ne jugeons de ce
qu'elle pouvoit être,
que par notre expé-
rience & notre foi-
bleffe. Quelle confian-
ce que celle d'un jeune
Orateur, qui paroiffant

chant ; c'eſt *la ſcience des Sons.*

Cependant comme la ſéparation eſt venue plutôt des Artiſtes, que des Arts mêmes, qui ſont toujours reſtés intimement liés entr'eux ; nous traiterons ici la Muſique & la Danſe ſans les ſéparer. La comparaiſon réciproque que l'on fera de l'une avec l'autre, aidera à les faire mieux connoître : elles ſe prêteront du jour dans cet Ouvrage, comme elles ſe prêtent des agrémens ſur le Théâtre.

en public avec des mots & des phraſes préparées, s'imagine que les tons & les geſtes qui doivent accompagner & animer ces phraſes, lui ſeront tenus tous prêts, dans le degré exquis de force & de grace que chaque penſée exige. Tout ce qui peut être tantôt bon, tantôt mauvais, a beſoin de régles ; & quelque heureuſe qu'on ſuppoſe la Nature, elle a toujours beſoin du ſecours de l'Art pour être parfaite : *nihil credimus eſſe perfectum, niſi ubi natura curâ juvetur.*

CHAPITRE I.

On doit connoître la nature de la Musique & de la Danse, par celle des Tons & des Gestes.

LEs Hommes ont trois moyens pour exprimer leurs idées & leurs sentimens ; la Parole, le Ton de la voix, & le Geste. Nous entendons par Geste, les mouvemens extérieurs, & les attitudes du corps : *Gestus*, dit Ciceron, *est conformatio quædam & figura totius oris & corporis.*

J'ai nommé la Parole la premiere, parce qu'elle est en possession du premier rang ; & que les hommes y sont ordinairement le plus d'attention. Cependant les Tons de la voix & les Gestes, ont sur elle plusieurs avantages : ils sont d'un usage plus naturel : nous y avons recours quand les

mots nous manquent ; plus étendu:
c'eſt un Interpréte univerſel qui nous
ſuit juſqu'aux extrémités du monde,
qui nous rend intelligibles aux Nations les plus barbares , & même aux
animaux. Enfin ils ſont conſacrés
d'une manière ſpéciale au ſentiment.
La parole nous inſtruit, nous convainc , c'eſt l'organe de la raiſon :
mais le Ton & le Geſte ſont ceux
du cœur : ils nous émeuvent, nous
gagnent , nous perſuadent. La Parole n'exprime la paſſion que par le
moyen des idées auxquelles les ſentimens ſont liés , & comme par réflexion. (*a*) Le Ton & le Geſte arrivent au cœur directement & ſans

(*a*) Les Paroles peu-
vent exprimer les paſ-
ſions en les nommant :
on dit , *je vous aime* ,
je vous hais; mais ſi on
n'y joint ni le Ton ni
le Geſte , on exprime
une idée , plutôt qu'un
ſentiment. Au lieu
qu'un mouvement, un
regard montre la paſ-
ſion elle - même ſur
le champ. Qu'on liſe
froidement l'impréca-
tion de Camille , ſans
aucune inflexion de la

aucun détour. En un mot la Parole est un langage d'inftitution, que les hommes ont fait pour fe communiquer plus diftinctement leurs idées : les Geftes & les Tons font comme le Dictionnaire de la fimple Nature ; ils contiennent une langue que nous favons tous en naiffant , & dont nous nous fervons pour annoncer tout ce qui a rapport aux befoins & à la confervation de notre être : auffi eft-elle vive, courte, énergique. Quel fonds pour les Arts dont l'objet eft de remuer l'ame, qu'un langage dont toutes les expreffions font plutôt celles de l'humanité même , que celle des hommes !

La Parole , le Gefte & le Ton de

voix & fans aucun gefte ; le cœur demeurera froid , ou s'il s'échauffe, ce ne fera que parce qu'on imaginera les Tons & les Geftes qui devoient accompagner ces Paroles dans une perfonne furieufe. *Affectus omnes languefcant neceffe , nifi voce , vultu, totius propè habitu corporis inardefcant.*

la voix ont des dégrés , où ils répondent aux trois eſpèces d'Arts que
nous avons indiqués. (*a*) Dans le premier dégré , ils expriment la Nature
ſimple , pour le beſoin ſeul : c'eſt le
portrait naïf de nos penſées & de nos
ſentimens : telle eſt , ou doit être
la converſation. Dans le ſecond dégré , c'eſt la Nature polie par le ſecours de l'Art , pour ajouter l'agrément à l'utilité : on choiſit avec
quelque ſoin , mais pourtant avec
retenue & modeſtie , les mots , les
tons , les geſtes , les plus propres &
les plus agréables : c'eſt l'Oraiſon &
le récit ſoutenu. Dans le troiſiéme ,
on n'a en vûe que le plaiſir : ces
trois expreſſions y ont non-ſeule-
ment toutes les graces & toute la
force naturelle , mais encore toute
la perfection que l'Art peut y ajouter , je veux dire la meſure , le mouvement , la modulation & l'harmo-

(*a*) Chap. 1. de la premiere Partie.

nie ,

nie, & c'eſt la Verſification, la Muſique & la Danſe, qui ſont la plus
grande perfection poſſible des Paroles, des Tons de la voix, & des
Geſtes. (*a*).

(*a*) Il ſuit de ce
principe, que dans les
Arts qui ſont faits pour
le plaiſir, tout devant
être dans ſa plus gran-
de perfection poſſible,
les tons & les geſtes
de la Déclamation
théâtrale devroient ê-
tre meſurés, de même
que la parole, & notés
par un Compoſiteur.
Les Anciens avoient
été juſqu'à cette conſé-
quence, & ils s'en
étoient fait une ré-
gle dans la pratique.
Voyez la ſçavante Diſ-
ſertation de M. l'Abbé
Vatry ſur cette matiè-
re Tom. 8. des Mém.
de l'Acad. des Inſcript.
Mais parmi nous, l'ha-
bitude & le préjugé s'y
oppoſent. Je dis le pré-

jugé, car la vrai-ſem-
blance n'y perdroit
rien, parce que d'un
côté, la belle Nature
demande non‑ſeule-
ment une action par-
faite, mais encore un
langage & une pro-
nonciation qui ayent
toute leur beauté poſ-
ſible, eu égard à la
condition des Acteurs
& a leur ſituation; &
que de l'autre côté la
Danſe & la Muſique
déclamatoires, pren-
droient le caractere
même & l'expreſſion
de la déclamation na-
turelle. La meſure ne
détruit rien, elle ne
fait que régler ce qui
ne l'étoit pas, en le
laiſſant tel qu'il étoit
auparavant. Nos plus

R

D'où je conclus 1°. Que l'objet principal de la Mufique & de la Danfe doit être l'imitation des fentimens ou des paffions : au lieu que celui de la Poëfie eft principalement l'imitation des actions. Cependant, comme les paffions & les actions font prefque toujours unies dans la Nature, & qu'elles doivent auffi fe trouver enfemble dans les Arts ; il y aura cette différence pour la Poëfie , & pour la Mufique & la Danfe : que dans la premiere, les paffions y feront employées comme des moyens ou des refforts qui préparent l'action & la produifent ; & dans la Mufique & la Danfe, l'action ne fera qu'une efpèce de cannevas deftiné à porter,

beaux Récitatifs en Mufique n'ont pour bafe & pour fondement de leur chant, que la déclamation naturelle. Quand Lulli compofoit les fiens , il prioit quelquefois la Chammeflé de lui en déclamer les paroles : il prenoit rapidement fes tons, & enfuite il les réduifoit aux régles de l'Art.

foutenir , amener, lier, les différentes paffions que l'Artifte veut exprimer.

Je conclus 2°. Que fi le Ton de
la voix & les Geftes avoient une fignification avant que d'être mefurés ,
ils doivent la conferver dans la Mufique & dans la Danfe , de même que
les Paroles confervent la leur dans la
Verfification ; & par conféquent ,
que toute Mufique & toùte Danfe
doit avoir un fens.

3°. Que tout ce que l'Art ajoute
aux Tons de la voix & aux Geftes ,
doit contribuer à augmenter ce fens ,
& à rendre leur expreffion plus énergique. Il ne paroît pas que la premiere conféquence ait befoin d'être
prouvée , nous allons développer
les deux dernieres dans les Chapitres qui fuivent.

R ij

CHAPITRE II.

Toute Musique & toute Danse doit avoir une signification, un sens.

NOus ne répétons point ici que les chants de la Musique & les mouvemens de la Danse ne font que des imitations, qu'un tissu artificiel de Tons & de Gestes poëtiques, qui n'ont que le vraisemblable. Les passions y sont aussi fabuleuses que les actions dans la Poësie : elles y sont pareillement de la création seule du Génie & du Goût : rien n'y est vrai, tout est artifice. Et si quelquefois il arrive que le Musicien, ou le Danseur, soient réellement dans le sentiment qu'ils expriment ; c'est une circonstance accidentelle qui n'est point du dessein de l'Art : c'est une peinture qui se trouve sur une peau

vivante, & qui ne devroit être que
fur la toile. L'Art n'eft fait que pour
tromper, nous croyons l'avoir affez
dit. Nous ne parlerons ici que des
expreffions.

Les expreffions, en général, ne
font d'elles-mêmes, ni naturelles,
ni artificielles : elles ne font que des
fignes. Que l'Art les employe, ou
la Nature, qu'elles foient liées à la
réalité, ou à la fiction, à la vérité,
ou au menfonge, elles changent de
qualité, mais fans changer de nature
ni d'état. Les mots font les mêmes
dans la converfation & dans la Poëfie ; les traits & les couleurs, dans les
objets naturels & dans les tableaux ;
& par conféquent, les tons & les
geftes doivent être les mêmes dans
les paffions, foit réelles, foit fabu-
leufes. L'Art ne crée les expreffions,
ni ne les détruit : il les régle feulement, les fortifie, les polit. Et de
même qu'il ne peut fortir de la Na-

ture pour créer les chofes; il ne peut
pas non plus en fortir pour les exprimer : c'eft un principe.

Si je difois que je ne puis me plaire
à un Difcours que je ne comprends
pas, mon aveu n'auroit rien de fin-
gulier. Mais que j'ofe dire la même
chofe d'une piéce de mufique; vous
croyez-vous, me dira-t'on, affez
connoiffeur pour fentir le mérite
d'une mufique fine & travaillée avec
foin ? J'ofe répondre : oui, car il s'a-
git de fentir. Je ne prétends point
calculer les fons, ni leurs rapports,
foit entre eux, foit avec notre organe : je ne parle ici, ni de trémouf-
femens, ni de vibrations de cordes,
ni de proportion mathématique. J'a-
bandonne aux favans Théoriftes,
ces fpéculations, qui ne font que
comme le grammatical fin, ou la
dialectique d'un Difcours, dont je
puis fentir le mérite, fans entrer dans
ce détail. La Mufique me parle par

des tons : ce langage m'eſt naturel :
ſi je ne l'entends point, l'Art a cor-
rompu la nature , plutôt que de la
perfectionner. On doit juger d'une
muſique , comme d'un tableau. Je
vois dans celui-ci des traits & des
couleurs dont je comprends le ſens ;
il me flatte , il me touche. Que diroit-on d'un Peintre , qui ſe conten-
teroit de jetter ſur la toile des traits
hardis , & des maſſes des couleurs
les plus vives , ſans aucune reſſemblance avec quelque objet connu ?
L'application ſe fait d'elle-même à
la Muſique. Il n'y a point de diſpa-
rité ; & s'il y en a une , elle fortifie
ma preuve. L'oreille , dit-on , eſt
beaucoup plus fine que l'œil. Donc
je ſuis plus capable de juger d'une
muſique , que d'un tableau.

J'en appelle au Compoſiteur même : quels ſont les endroits qu'il approuve le plus , qu'il chérit par préférence , auxquels il revient ſans ceſſe

avec une complaifance fecrete ? Ne
font-ce pas ceux où fa mufique eft,
pour ainfi dire, parlante, où elle a
un fens net, fans obfcurité, fans
équivoque ? Pourquoi choifit-on certains objets, certaines paffions, plutôt que d'autres ? C'eft parce qu'elles font plus aifées à exprimer, &
que les Spectateurs en faififfent avec
plus de facilité l'expreffion. (*a*)

Ainfi, que le Muficien profond
s'applaudiffe, s'il le veut, d'avoir

(*a*) Nous avons comparé la Mufique avec le Difcours ora-toire. Or voici ce que Ciceron dit de celui-ci : *Hoc etiam mira-biliùs debet videri (in eloquentiâ) quia cæ-terarum Artium ftudia ferè reconditis, atque abditis è fontibus hau-riuntur : dicendi au-tem omnis ratio in me-dio pofita, communi quodam in ufu, atque | in hominum more & fermone verfatur : ut in cæteris id maximè excellat, quod longif-fimè fit ab imperitorum intelligentiâ, fenfuque disjunctum : in dicen-do autem vitium vel maximum fit à vul-gari genere orationis atque à confuetudine communis fenfus ab-horrere.* L'application eft aifée.

concilié, par un accord mathématique, des sons qui paroissoient ne devoir se rencontrer jamais ; s'ils ne signifient rien , je les comparerai à ces gestes d'Orateurs , qui ne font que des signes de vie ; ou à ces vers artificiels, qui ne font que du bruit mesuré ; ou à ces traits d'Ecrivains , qui ne font qu'un frivole ornement. La plus mauvaise de toutes les musiques est celle qui n'a point de caractère. Il n'y a pas un son de l'Art qui n'ait son modèle dans la Nature, & qui ne doive être, au moins, un commencement d'expression, comme une lettre ou une syllabe l'est dans la parole. (*a*)

(*a*) Cela est également vrai & du Chant simple , & du Chant harmonique : ils doivent avoir l'un & l'autre un sens, une signification : avec cette différence cependant , que le Chant simple est comme un Discours adressé au peuple , & qui ne suppose point d'étude pour être compris ; au lieu que le Chant harmonique demande une sorte d'érudition musicale, des oreilles instruites &

Il y a deux fortes de Mufique :
l'une qui n'imite que les fons & les
bruits non-paffionnés : elle répond
au payfage dans la Peinture : l'autre
qui exprime les fons animés , & qui
tiennent aux fentimens : c'eft le tableau à perfonnage.

Le Muficien n'eft pas plus libre
que le Peintre : il eft par-tout , &
conftamment foumis à la comparaifon qu'on fait de lui avec la Nature.
S'il peint un orage, un ruiffeau, un
Zéphir ; fes tons font dans la Nature, il ne peut les prendre que là. S'il
peint un objet idéal, qui n'ait jamais
eu de réalité , comme feroit le mu-
giffement de la Terre , le frémiffe-
ment d'un Ombre qui fortiroit du

exercées. C'eft pref-
que un Difcours fait
pour des Savans , il
fuppofe dans fes Audi-
teurs certaines con-
noiffances acquifes ,
fans lefquelles ils ne
feroient point en état
de juger de fon mé-
rite. Refte à fçavoir fi
un Difcours qui n'eft
que pour les Savans
peut être vraiment é-
loquent.

tombeau; qu'il fasse comme le Poëte:

Aut famam sequere , aut sibi convenientia finge.

Il y a des sons dans la Nature qui répondent à son idée, si elle est musicale ; & quand le Compositeur les aura trouvés, il les reconnoîtra sur le champ : c'est une vérité : dès qu'on la découvre , il semble qu'on la reconnoisse , quoiqu'on ne l'ait jamais vue. Et quelque riche que soit la nature pour les Musiciens , si nous ne pouvions comprendre le sens des expressions qu'elle renferme , ce ne seroit plus des richesses pour nous. Ce seroit un idiome inconnu, & par conséquent inutile.

La Musique étant significative dans la symphonie, où elle n'*a qu'une demi-vie , que la moitié de son être ,* que sera-t'elle dans le chant, où elle devient le tableau du cœur humain ? Tout sentiment, dit Cicéron, a un ton, un geste propre qui l'annonce, c'est comme le mot attaché à l'idée : *O amis motus animi suum quemdam à naturâ habet vultum & sonum & gestum.* Ainsi leur continuité doit former une espèce de discours suivi : & s'il y a des expressions qui m'embarrassent, faute d'être préparées ou expliquées par celles qui précedent ou qui suivent, s'il y en a qui me détournent, qui se contredisent ; je ne puis être satisfait.

Il est vrai, dira-t'on, qu'il y a des passions qu'on reconnoît dans le chant musical, par exemple, l'amour, la joie, la tristesse : mais pour quelques expressions marquées, il y en a mille autres, dont on ne sçauroit dire l'objet.

On ne sauroit le dire, je l'avoue ; mais s'ensuit-il qu'il n'y en ait point ? il suffit qu'on le sente, il n'est pas nécessaire de le nommer. Le cœur a son intelligence indépendante des

mots ; & quand il eſt touché, il a
tout compris. D'ailleurs, de même
qu'il y a de grandes choſes, auxquelles les mots ne peuvent atteindre ;
il y en a auſſi de fines, ſur leſquelles
ils n'ont point de priſe : & c'eſt ſur-
tout dans les ſentimens que celles-ci
ſe trouvent.

Concluons donc que la Muſique
la mieux calculée dans tous ſes tons,
la plus géométrique dans ſes accords, s'il arrivoit, qu'avec ces qualités, elle n'eût aucune ſignification ;
on ne pourroit la comparer qu'à un
Priſme, qui préſente le plus beau coloris, & ne fait point de tableau. Ce
feroit une eſpèce de clavecin chro-
matique, qui offriroit des couleurs & des paſſages, pour amuſer
peut-être les yeux, & ennuyer ſûre-
ment l'eſprit.

CHAPITRE III.

Des qualités que doivent avoir les expressions de la Musique, & celles de la Danse.

IL y a des qualités naturelles qui conviennent aux tons & aux gestes considérés en eux-mêmes, & seulement comme expressions : il y en a que l'Art y ajoute pour les fortifier & les embellir. Nous parlerons ici des unes & des autres.

Puisque les sons dans la Musique, & les gestes dans la Danse, ont une signification, de même que les mots dans la Poësie, l'expression de la Musique & de la Danse doit avoir les mêmes qualités naturelles, que l'Elocution oratoire : & tout ce que nous dirons ici, doit convenir également, à la Musique, à la Danse, & à l'Eloquence.

Toute expreſſion doit être conforme aux choſes qu'elle exprime :
c'eſt l'habit fait pour le corps. Ainſi
comme il doit y avoir dans les ſujets poëtiques ou artificiels de l'u-
nité & de la variété , l'expreſſion
doit avoir d'abord ces deux qualités.

Le caractère fondamental de l'expreſſion eſt dans le ſujet : c'eſt lui
qui marque au ſtyle le dégré d'élévation ou de ſimplicité, de douceur
ou de force qui lui convient. Si c'eſt
la joie que la Muſique ou la Danſe
entreprennent de traiter, toutes les
modulations , tous les mouvemens
doivent en prendre la couleur riante ; & ſi les chants & les airs qui ſe
ſuccédent , s'alterent & ſe relevent
mutuellement, ce ſera toujours ſans
altérer le fonds, qui leur eſt commun :
voilà l'unité. (*a*) Cependant com-

(*a*) Souvent nos   Expreſſion de l'ame
Muſiciens ſacrifient ce | qui doit être répandue
Ton général , cette | dans tout un morceau

me une paffion n'eſt jamais ſeule , &
que, quand elle domine , toutes les
autres ſont , pour ainſi dire , à ſes
ordres, pour amener , ou repouffer
les objets qui lui ſont favorables ,
ou contraires; le Compoſiteur trouve dans l'unité même de ſon ſujet, les
moyens de le varier. Il fait paroître
tour à tour , l'amour, la haine, la
crainte, la triſteſſe, l'eſpérance. Il
imite l'Orateur, qui employe toutes
les figures & les variations de ſon
Art , ſans changer le ton général de
ſon ſtyle. Ici, c'eſt la dignité qui régne, parce qu'il traite un point grave de morale, de politique, de droit.

de Muſique , à une
idée acceſſoire & pref-
que indifférente au Su-
jet principal. Ils s'ar-
rêtent pour peindre un
Ruiſſeau, un Zéphir,
ou quelqu'autre mot
qui fait image muſi-
cale. Toutes ces ex-
preſſions particulieres
doivent rentrer dans
le Sujet : & ſi elles y
conſervent leur ca-
ractère propre , il
faut que ce ſoit en ſe
fondant , pour ainſi
dire, dans le caractère
général du ſentiment
qu'on exprime.

Là,

Là, c'est l'agrément qui brille, parce qu'il fait un paysage , & non un tableau héroïque. Que diroit-on d'une Oraison, dont la premiere partie seroit bien dans la bouche d'un Magistrat ; & l'autre , dans celle d'un valet de Comédie ?

Outre le ton général de l'expression, qu'on peut appeller comme le style de la Musique & de la Danse ; il y a encore d'autres qualités , qui regardent chaque expression en particulier.

Leur premier mérite est d'être claires : *Prima virtus perspicuitas.* Que m'importe qu'il y ait un bel édifice dans cette vallée , si la nuit le couvre ? On n'exige point qu'elles présentent, chacune en particulier , un sens : mais elles doivent chacune y contribuer. Si ce n'est point une période ; que ce soit un membre , un mot, une syllabe. Chaque ton chaque modulation , chaque reprise,

S

doit nous mener à un fentiment, où
nous le donner.

2°. Les expreffions doivent être
juftes : il en eft des fentimens, comme des couleurs : une demi-téinte
les dégrade, & leur fait changer de
nature, ou les rend équivoques.

3°. Elles feront vives, fouvent fines & délicates. Tout le monde connoît les paffions, jufqu'à un certain
point. Quand on ne les peint que
jufques-là, on n'a guéres que le mérite d'un Hiftorien, d'un imitateur
fervil. Il faut aller plus loin, fi on
cherche la belle Nature. Il y a pour
la Mufique & pour la Danfe, de
même que pour la Peinture, des
beautés, que les Artiftes appellent
fuyantes & paffagères ; des traits fins,
échappés dans la violence des paffions, des foupirs, des accens, des
airs de tête : ce font ces traits qui
piquent, qui éveillent, & qui rani-
ment l'efprit.

4°. Elles doivent être aifées & fimples : tout ce qui fent l'effort nous fait peine & nous fatigue. Quiconque regarde, ou écoute, eft à l'uniffon de celui qui parle, ou qui agit : & nous ne fommes pas impunément les Spectateurs de fon embarras, ou de fa peine.

5°. Enfin, les expreffions doivent être neuves, fur-tout dans la Mufique. Il n'y a point d'Art où le Goût foit plus avide & plus dédaigneux : *Judicium aurium fuperbiffimum*. La raifon en eft, fans doute, la facilité que nous avons à prendre l'impreffion du Chant : *Naturá ad numeros ducimur*. Comme l'oreille porte au cœur le fentiment dans toute fa force ; une feconde impreffion eft prefque inutile, & laiffe notre ame dans l'inaction & l'indifférence. Delà vient la néceffité de varier fans ceffe les modes, le mouvement, les paffions. Heureufement

S ij

que celles-ci se tiennent toutes en=
tre elles. Comme leur cause est toujours commune , la même passion
prend toutes sortes de formes : c'est
un lion qui rugit : une eau qui coule
doucement. : un feu qui s'allume &
qui éclate, par la jalousie, la fureur,
le désespoir. Telles sont les qualités
naturelles des tons de la voix & des
gestes , considerés en eux-mêmes ,
& comme les mots dans la prose.
Voyons maintenant ce que l'Art peut
y ajouter dans la Musique , & dans
la Danse proprement dites.

Les Tons & les Gestes ne sont pas
aussi libres dans les Arts , qu'ils le
sont dans la Nature. Dans celle-ci,
ils n'ont d'autres régles qu'une sorte
d'instinct , dont l'autorité plie aisément. C'est lui seul qui les dirige,
qui les varie , qui les fortifie, ou les
affoiblit à son gré. Mais dans les
Arts, il y a des régles austères, des
bornes fixes, qu'il n'est pas permis de

paſſer. Tout eſt calculé, 1°. par la Meſure, qui régle la durée de chaque ton & de chaque geſte ; 2°. par le Mouvement, qui hâte ou qui retarde cette même durée, ſans augmenter ni diminuer le nombre des tons, ni celui des geſtes, ni en changer la qualité ; 3°. par la Mélodie qui unit ces tons & ces geſtes, & en forme une ſuite ; (*a*) 4°. enfin, par l'Harmonie qui en régle les accords, quand pluſieurs parties différentes ſe joignent pour faire un Tout. Et il ne faut point croire que ces régles puiſſent détruire ou altérer la ſignification naturelle des tons & des geſtes : elles ne ſervent qu'à la fortifier en la poliſſant, elles augmentent leur energie en y ajoutant des graces : *Cur ergo vires ipſas*

(*a*) La mélodie eſt priſe dans un ſens Métaphorique par rapport à la Danſe ; elle ne ſignifie qu'une ſuite concertée & harmonique des mouvemens.

S iij

ſpecie ſolvi putent , quando nec ulla
res ſine arte ſatis valeat (*a*) ?

La Meſure , le Mouvement , la
Mélodie , l'Harmonie , peuvent régler également les mots , les tons ,
les geſtes , c'eſt-à-dire , qu'elles conviennent à la Verſification, à la Danſe, à la Muſique. Elles conviennent à
la Verſification ; nous l'avons (*b*)
prouvé. Elles conviennent à la Danſe : qu'il n'y ait qu'un Danſeur , ou
qu'il y en ait pluſieurs, la meſure eſt
dans les pas : le mouvement dans la
lenteur ou la vîteſſe : la *mélodie*
dans la marche ou la continuité des
pas : & l'harmonie dans l'accord de
toutes ces parties avec l'inſtrument
qui joue , & ſur-tout avec les autres
Danſeurs : car il y a dans la Danſe
des *Solo*, des *Duo* , des chœurs ,
des repriſes, des rencontres, des retours, qui ont les mêmes régles, que
le concert dans la Muſique.

(*a*) *Quintil.* ix. 4. (*b*) Chap. 3. de la 2. part.

La Mesure & le Mouvement donnent la vie, pour ainsi dire, à la composition musicale : c'est par là que le Musicien imite la progression & le mouvement des sons naturels, qu'il leur donne à chacun l'étendue qui leur convient, pour entrer dans l'édifice régulier du chant musical : ce sont comme les mots préparés & mesurés, pour être enchaffés dans un vers. Ensuite la Mélodie place tous ces sons chacun dans le lieu & le voisinage qui lui convient : elle les unit, les sépare, les concilie, selon la nature de l'objet, que le Musicien se propose d'imiter. Le ruisseau murmure : le tonnerre gronde : le papillon voltige. Parmi les passions, il y en a qui soupirent, il y en a qui éclattent, d'autres qui frémissent. La Mélodie, pour prendre toutes ces formes, varie à propos les tons, les intervales, les modulations, employe avec art les dissonances mêmes. Car

S iv

les diffonances, étant dans la nature,
auffi-bien que les autres tons , ont
le même droit qu'eux, d'entrer dans
la Mufique. Elles y fervent non-feule-
ment d'affaifonnement & de fel ; mais
elles contribuent d'une façon particuliere à caractérifer l'expreffion muficale. Rien n'eft fi irrégulier que la
marche des paffions, de l'amour, de
la colere , de la difcorde : fouvent,
pour les exprimer, la voix s'aigrit &
détonne tout-à-coup : & pour peu
que l'art adouciffe ces défagrémens
de la nature , la vérité de l'expreffion confole de fa dureté. C'eft au
Compofiteur à les préfenter avec
précaution, fobriété, intelligence.

L'Harmonie enfin , concourt à
l'expreffion muficale. Tout fon harmonique eft triple de fa nature. Il
porte avec lui, fa Quinte & fa Tier-
ce-majeure : c'eft la doctrine commune de Defcartes, du Pere Mer-
fenne, de M. Sauveur, & de M. Ra-

meau qui en a fait la bafe de fon
nouveau fyflême de Mufique. D'où
il fuit qu'un fimple cri de joie a ,
même dans la Nature , le fonds de
fon harmonie & de fes accords. C'eft
le rayon de lumiere qui , s'il eft dé-
compofé avec le prifme , donnera
toutes les couleurs dont les plus riches tableaux peuvent être formés.
Décompofez de même un fon , de la
maniere dont il peut l'être ; vous y
trouverez toutes les parties différentes d'un accord. Suivez cette dé-
compofition dans toute la fuite d'un
chant qui vous paroît fimple , vous
aurez le même chant multiplié &
diverfifié en quelque forte par lui-
même ; il y aura des Deffus & des
Baffes, qui ne feront autre chofe que
le fonds du premier chant dévelop-
pé , & fortifié dans toutes fes parties féparées , afin d'augmenter la
premiere expreffion. Les différentes
parties , qui s'accompagnent réci-

proquement, reſſemblent aux geſtes, aux tons, aux paroles, réunies
dans la déclamation : ou, ſi vous
voulez, aux mouvemens concertés
des pieds, des bras, de la tête, dans
la Danſe. Ces expreſſions ſont différentes, cependant elles ont la même
ſignification, le même ſens. De ſorte
que ſi le chant ſimple eſt l'expreſſion de la Nature imitée, les Baſſes
& les Deſſus ne ſont que la même
expreſſion multipliée, qui, fortifiant
& répétant les traits, rend l'image
plus vive, & par conſéquent l'imitation plus parfaite.

CHAPITRE IV.

Sur l'Union des beaux Arts.

QUOIQUE la Poëſie, la Muſique
& la Danſe ſe ſéparent quelquefois
pour ſuivre les goûts & les volontés

des hommes ; cependant comme la
Nature en a créé les principes pour
être unis , & concourir à une même
fin , qui eſt de porter nos idées &
nos ſentimens tels qu'ils ſont , dans
l'eſprit & dans le cœur de ceux à
qui nous voulons les communiquer ;
ces trois Arts n'ont jamais plus de
charmes , que quand ils ſont réunis :
Cum valeant multùm verba per ſe,
& vox *propriam vim adjiciat re-*
bus , *&* geſtus motuſque *ſignificet*
aliquid , *profectò perfectum quid-*
dam , *cum omnia coierint fieri ne-*
ceſſe eſt. Quintil. x. 3.

Ainſi lorſque les Artiſtes ſéparè-
rent ces trois Arts pour les cultiver
& les polir avec plus de ſoin, chacun en particulier ; ils ne dûrent jamais perdre de vûe la premiere inſti-
tution de la Nature , ni penſer qu'ils
puſſent entièrement ſe paſſer les uns
des autres. Ils doivent être unis , la
Nature le demande, le goût l'exige :

mais comment : & à quelle condition? C'eſt un traité dont voici la
baſe, & les principaux articles.

Il en eſt des différens Arts, quand
ils s'uniſſent pour traiter un même
ſujet, comme des différentes parties
qui ſe trouvent dans un ſujet traité
par un ſeul Art : il doit y avoir un
centre commun, un point de rap-
pel, pour les parties les plus éloignées. Quand les Peintres & les Poëtes repréſentent une action ; ils y
mettent un Acteur principal qu'ils
appellent le Héros, par excellence.
C'eſt ce Héros qui eſt dans le plus
beau jour, qui eſt l'ame de tout ce
qui ſe remue autour de lui. Quelle
multitude de Guerriers dans l'Iliade! que de rôles différens dans Dio-
mede, Ulyſſe, Ajax, Hector, &c.
il n'y en a pas un qui n'ait rapport à
Achille. Ce ſont des dégrés que le
Poëte a préparés, pour élever notre
idée juſqu'à la ſublime valeur de ſon

Héros principal : l'intervale eût été moins fenfible , s'il n'eût point été mefuré par cette efpèce de gradation de Héros , & l'idée d'Achille moins grande & moins parfaite fans la comparaifon.

Les Arts unis doivent être de même que les Héros. Un feul doit exceller, & les autres refter dans le fecond rang. Si la Poëfie donne des Spectacles ; la Mufique & la Danfe (a) paroîtront avec elle ; mais ce fera uniquement pour la faire valoir, pour lui aider à marquer plus fortement les idées & les fentimens contenus dans les vers. Ce ne fera point cette grande Mufique calculée , ni ce gefte mefuré & cadencé qui offufqueroient la Poëfie, & lui déroberoient une partie de l'attention de fes Spectateurs; mais une

(a) La Danfe ne fignifie ici que l'Art du Gefte ; ainfi ce terme eft pris dans fa plus grande étendue.

inflexion de voix toujours fimple, &
réglée fur le feul befoin des mots ;
un mouvement du corps toujours
naturel, qui paroît ne rien tenir de
l'Art.

Si c'eft la Mufique qui fe montre ;
elle feule a droit d'étaler tous fes
attraits. Le Théâtre eft pour elle.
La Poëfie n'a que le fecond rang, &
la Danfe le troifiéme. Ce ne font
plus ces vers pompeux & magnifiques, ces defcriptions hardies, ces
images éclatantes ; c'eft une Poëfie
fimple, naïve, qui coule avec mo-
leffe & négligence, qui laiffe tomber les mots. La raifon en eft, que
les vers doivent fuivre le chant, &
non le précéder. Les paroles en pareil cas, quoique faites avant la Mufique, ne font que comme des coups
de force qu'on donne à l'expreffion
Muficale, pour la rendre d'un fens
plus net & plus intelligible. C'eft
dans ce point de vûe qu'on doit

juger de la Poësie de Quinaut ; & si on lui fait un crime de la foibleſſe de ſes vers, c'eſt à Lulli à l'en juſtifier. Les plus beaux vers ne ſont point ceux qui portent le mieux la Muſique, ce ſont les plus touchants. Demandez à un Compoſiteur lequel de ces deux morceaux de Racine eſt le plus aiſé à traiter : voici le premier :

> Quel carnage de toutes parts !
> On égorge à la fois les enfans, les vieillards,
> Et la fille & la mere , & la ſœur & le frere ,
>   Le fils dans les bras de ſon pere:
> Que de corps entaſſés ! que de membres épars
>   Privés de ſépulture !

Voici l'autre qui le ſuit immédiatement dans la même ſcéne :

> Hélas ! ſi jeune encore,
> Par quel crime ai-je pu mériter mon malheur?
> Ma vie à peine a commencé d'éclore ,
>   Je tomberai comme une fleur
>   Qui n'a vu qu'une Aurore.

Hélas ! fi jeune encore,
Par quel crime ai-je pu mériter mon malheur ?

Faut-il être Compofiteur pour fentir cette différence ?

La Danfe eft encore plus modefte
que la Poëfie : celle-ci au moins eft
mefurée, mais le Gefte ne fait prefque pour la Mufique que ce qu'il
fait pour les Drames ; & s'il s'y
montre quelquefois avec plus de
force, c'eft qu'il y a plus de paffion
dans la Mufique que dans la Poëfie ;
& par conféquent, plus de matière
pour l'exercer ; puifque , comme
nous l'avons dit, le Gefte & le Ton
de la voix font confacrés d'une façon particuliere au fentiment.

Enfin fi c'eft la Danfe qui donne
une fête ; il ne faut point que la Mufique y brille à fon préjudice ; mais
feulement qu'elle lui prête la main,
pour marquer avec plus de précifion
fon mouvement & fon caractère. Il
faut

faut que le violon & le Danſeur forment un concert ; & quoique le violon précéde ; il ne doit exécuter que l'accompagnement. Le ſujet appartient de droit au Danſeur. Qu'il ſoit guidé ou ſuivi ; il a toujours le principal rang, rien ne doit l'obſcurcir : & l'oreille ne doit être occupée, qu'autant qu'il le faut, pour ne point cauſer de diſtraction aux yeux.

Nous ne joignons point ordinairement la Parole avec la Danſe proprement dite ; mais cela ne prouve point qu'elles ne puiſſent s'unir : elles l'étoient autrefois, tout le monde en convient. On danſoit alors ſous la Voix chantante, comme on le fait aujourd'hui ſous l'Inſtrument, & les paroles avoient la même meſure que les pas.

C'eſt à la Poëſie, à la Muſique, à la Danſe, à nous préſenter l'image des actions & des paſſions humai-

T

nes ; mais c'eft à l'Architecture, à la
Peinture, à la Sculpture, à préparer
les lieux & la fcéne du Spectacle.
Et elles doivent le faire d'une manière qui réponde à la dignité des
Acteurs & à la qualité des fujets
qu'on traite. Les Dieux habitent
dans l'Olympe, les Rois dans des
Palais, le fimple Citoyen dans fa
maifon, le Berger eft affis à l'ombre
des bois. C'eft à l'Architecture à
former ces lieux, & à les embellir par
le fecours de la Peinture & de la
Sculpture. Tout l'Univers appartient aux beaux Arts. Ils peuvent
difpofer de toutes les richeffes de
la Nature. Mais ils ne doivent en
faire ufage que felon les loix de la
décence. Toute demeure doit être
l'image de celui qui l'habite, de fa
dignité, de fa fortune, de fon goût.
C'eft la régle qui doit guider les Arts
dans la conftruction & dans les ornemens des lieux. Ovide ne pouvoit

rendre le Palais du Soleil trop brillant, ni Milton le Jardin d'Eden trop délicieux : mais cette magnificence feroit condamnable même dans un Roi, parce qu'elle eſt au-deſſus de ſa conditon :

Singula quaque locum teneant ſortita decenter.

F I N.

T ij

TABLE

DES MATIERES.

A

TABLE DES MATIERES.

T ie

T A B L E

DES MATIERES.

TABLE

F

Fiction en Prose, histoire en vers : ce que
c'est. 50

Fonds de Poësie, subsiste sans Versification.
139

G

Génie, Pere des Arts. 52
Ne crée que par imitation. 10
Ne peut sortir de la Nature sans se dé-
grader. 11
Est semblable à la Terre, & en quoi. *ibid.*
Est lié étroitement avec le Goût. 22
Goût, Juge des Arts. 52
Est la manière la plus fine de connoître
les régles. 97
Son objet. 60
Pourquoi donné par la Nature. 62
A quelle condition il approuve les Arts. *ibid.*
Est le même pour les mœurs & pour les
Arts, & comment. 117
Commence avec la vie. 125
S'exerce avant la raison. 126
Est aisé à corrompre. 123
Comment le disposer de loin à la vertu. 128
Il guide bien les enfans. 129
Est nourri par le succès. 131
Annonce le talent. *ibid.*
S'éléve avec les Ouvrages. 113
Goûts, bons quoique différens : pourquoi. 103
Richesse de la Nature : I. raison. *ibid.*

DES MATIERES.

TABLE

M

N

O

DES MATIERES.

TABLE

DES MATIERES.

APPROBATION.

J'AI lu par ordre de Monseigneur le Chancelier un Manuscrit qui a pour titre : *Les
beaux Arts réduits à un même Principe* , il m'a
paru que cet Ouvrage contenoit les vrais Principes des beaux Arts ; & qu'ainsi la lecture en
pouvoit être très - utile. A Paris, ce 12. Mars
1746.

VATRY.

PRIVILEGE DU ROI.

LOUIS, par la Grace de Dieu, Roi de France & de Navarre; A nos Amés & Féaux Conseillers les Gens tenans nos Cours de Parlemens , Maîtres des Requêtes ordinaires de notre Hôtel, Grand Conseil, Baillifs, Sénéchaux, leurs Lieutenans-Civils, & autres nos Justiciers qu'il appartiendra ; SALUT : Notre Amé LAURENT DURAND, Libraire à Paris, Nous a fait exposer qu'il désireroit faire imprimer & donner au Public un Ouvrage qui a pour titre : *Les beaux Arts réduits à un même Principe* , s'il nous plaisoit lui accorder nos Lettres de Privilege pour ce nécessaires : A CES CAUSES , voulant favorablement traiter l'Exposant, Nous lui avons permis & permettons par ces Présentes, de faire imprimer ledit Ouvrage en un ou plusieurs volumes, & autant de fois que bon lui semblera , & de le vendre, faire vendre & débiter par tout notre Royaume pendant le tems de six années consécutives, à compter du jour de la datte des Présentes ; faisons défenses à toutes personnes, de quelque qualité & condition qu'elles soient, d'en introduire d'impression étrangere dans aucun lieu de notre obéissance, comme aussi à tous Libraires & Imprimeurs d'imprimer ou faire imprimer, vendre, faire vendre, débiter ni contrefaire ledit Ouvrage , ni d'en faire aucun Extrait, sous quelque prétexte que ce soit, d'augmentation, changement, ou autres, fans la permiffion expreffe & par écrit dudit Expofant, ou de ceux qui auront droit de lui, à peine de confifcation des Exemplaires contrefaits, de trois mille livres d'amende contre chacun des Contrevenans, dont un tiers à Nous, un tiers à l'Hôtel-Lieu de Paris, & l'autre tiers audit Expofant ou à celui qui aura droit de lui, & de tous dépns. dommages & intérêts, à la charge que ces Préfentes feront enregiftrées tout au long fur le Regiftre de la Communauté des Libraires & Imprimeurs de Paris dans trois mois de la datte d'icelles que l'impreffion dudit Ouvrage fera faite dans notre Royaume & non ailleurs en bon papier & beaux caracteres, conformément à la feuille imprimée & attachée pour modele fous le contre-Scel des Préfentes, que l'Impétrant fe conformera en tout aux Reglemens de la Librairie, & notamment à celui du 10. Avril 1725. qu'avant de l'expofer en vente, le Manufcrit qui aura fervi de copie à l'impreffion dudit Ouvrage, fera remis dans le même état où l'Approbation y aura été donnée és mains de notre très cher & féal Chevalier le Sieur Dagueffeau, Chancelier de France, Commandeur de nos ordres, & qu'il en fera enfuite remis deux exemplaires dans notre Bibliotheque publique, un dans celle de notre Château du Louvre, & un dans celle de notre très-cher & féal Chevalier le Sieur Dagueffeau, Chancelier de France; le tout à peine de nullité des Préfentes, du contenu defquelles vous mandons & enjoignons de faire jouir ledit Expo-

fant & fes ayans caufes pleinement & pâifi-
blement, fans fouffrir qu'il leur foit fait aucun trouble ou empêchement; Voulons que la
copie des Préfentes, qui fera imprimée tout
au long au commencement ou a la fin dudit
Ouvrage, foit tenue pour duëment fignifiée,
& qu'aux copies collationnées par l'un de nos
amés féaux Confeillers & Sécretaires, foi foit
ajoutée comme à l'original. Commandons au
premier notre Huiffier ou Sergent fur ce requis de faire, pour l'exécution d'icelles, tous
actes requis & néceffaires, fans demander autre permiffion, & nonobftant Clameur de Ha-
ro, Chartre Normande, & Lettres à ce contraires. CAR tel eft notre plaifir. DONNE' à
Paris, le vingtiéme jour du mois de Mai, l'an
de Grace mil fept cent quarante-fix, & de notre Regne le trente uniéme. Par le Roi en fon
Confeil.

SAINSON.

Regiftré fur le Regiftre 11. de la Chambre
Royale des Libraires & Imprimeurs de Paris,
N. 626. fol. 553. conformément aux anciens
Réglemens confirmés par celui du 28. Février
1723. A Paris ce 28. Mai 1746.
      VINCENT, *Syndic.*

De l'Imprimerie de CH. J. B. DELESPINE,
Imprimeur-Libraire ord. du Roi.